Michael Schilling

Im Zweifel alleine

Michael Schilling

Im Zweifel alleine

Den Menschen ernst nehmen

Fromm Verlag

Imprint

Cover image: Vom Autor bereitgestellt

Publisher:
Fromm Verlag
is a trademark of
International Book Market Service Ltd., member of OmniScriptum Publishing Group
17 Meldrum Street, Beau Bassin 71504, Mauritius

Printed at: see last page
ISBN: 978-613-8-34915-0

Für meine Töchter Elena und Jessica

1. Einleitung

1.1. Auf ein Wort

Hallo,bin ich einer von diesen „modernen“ Theologen, die den Glauben aufweichen, nur weil sie das rechte Fragen für wichtiger halten als das (angeblich) rechte Antworten ? Den Menschen ernstzunehmen, das ist mein Ziel – nichts weiter. Den Zweifel ernstzunehmen, das Fragen ernstzunehmen … Damit könnte ich anstoßen, Anstoß erregen. Ich will das in Kauf nehmen. Aber ich habe die Hoffnung, Leser und Leserinnen zu finden, die sich durch meine Texte angesprochen fühlen, einfach weil sie ihre Fragen wieder erkennen. Das Leben als würdig anzusehen, Fragen zu stellen, eben als frag-würdig, betrachte ich an sich schon als einen Wert. Dieser „Wert“-volle Zweifel ist biblisch gesprochen nichts anderes als der Zweifel des Hiob, der aufgrund seiner Lebenserfahrungen aus diesem existenziellen Zweifel gar nicht mehr herauskommt – und am Ende trotzdem sich in eine noch so unverständliche Fügung hineinzubegeben bereit ist. Ein Schritt, der mir größten Respekt abringt. Das rein affirmative Denken und Glauben als reines Für-wahr-halten ist nicht meine Sache – schon gar nicht der billige Trost. Ich würde mich freuen, wenn meine Gedanken, die ich in meinen Trauerfeiern, die ich gemeinsam mit den jeweiligen Angehörigen gestalten durfte, geäußert habe, von Ihnen als trostreich empfunden werden. Lassen Sie sich gemeinsam mit mir ein auf das Experiment, die Frag-würdigkeit des Lebens zu erforschen und das Leben selbst immer mehr kennenzulernen und sich sogar mit ihm anzufreunden in all seinen Facetten... . Eben so, nämlich als Hinweis auf die Frag-würdigkeit des Lebens, verstehe ich auch meine Gedichte, die ich mitsamt meinen Trauerfeiern, die ich halten durfte, in diesem Buch vorstellen möchte. Meine Art, eine Rede zu verfassen oder ein Gedicht zu schreiben, will trauernde Menschen mitnehmen auf eine Gedankenreise, die vielleicht zu neuen Entdeckungen führt. Die gesamte Breite des Menschlichen, nichts weniger, ist unser gemeinsames Thema, dem wir uns mehr und mehr nähern werden. Nicht Guru-haft, nein. Klares Wasser soll den Durst stillen – nicht trübes und abgestandenes Wasser.

1.2. Verwendete Literatur

Ich möchte hinweisen auf zwei für mich sehr wertvolle Bücher. Zum einen ist das ein Buch von Frank Maibaum mit dem Titel „Das Abschiedsbuch“, in dem sich viele konkrete Anregungen finden zur liturgischen Gestaltung einer Trauerfeier; zum anderen ist das ein Buch von Willi Hoffsümmer mit dem Titel „77 Wolkenfenster – Geschichten für Zeiten des Abschieds“. Natürlich könnte man noch vieles andere nennen. Ich möchte es aber bei diesen beiden Hinweisen belassen. Nur gelegentlich, wenn es sich eben anbietet, will weitere kleine Literaturhinweise geben. Ansonsten will ich aber die Wichtigkeit eines Trauergespräches betonen, in dem die Angehörigen sich vor allem selbst aussprechen mit all dem, was ihnen auf dem Herzen liegt. Sie und nur sie haben sozusagen das erste und das letzte Wort zu sprechen. Ich selbst verstehe mich eher in der Rolle eines „Moderators“, der dann die verschiedenen Gedanken und Gefühle in Worte faßt – gesprochene Worte oder Worte der Musik oder Worte der Symbole oder … oder … oder … . Aber eigentlich haben immer die Angehörigen das Wort … .

1.3. Was ist eine Trauerrede ?

1.3.1. Mein persönliches Anliegen

Als Trauerredner bin ich nicht nur zuständig für einen einzelnen Teil der gesamten Trauerfeier, zum Beispiel den Teil der Rede. Persönlich betrachte ich es als meine Aufgabe, mit den Angehörigen gemeinsam eine liturgische Gestaltung der gesamten Trauerfeier im gemeinsamen Austausch von Ideen zu entwickeln. Im Verlauf einer Trauerfeier gibt es manche festen und immer wiederkehrende

Elemente – aber trotzdem gilt bei mir immer der Grundsatz: „Alles kann – nichts muß.“ Und das bedeutet: Wir, die Angehörigen und ich, nehmen uns diejenigen Freiheiten in der Gestaltung, die wir wollen und folgen zunächst einmal nicht diesen oder jenen liturgischen Vorschriften, wie es bei konfessionell gebundenen Trauerfeiern der Fall ist.

1.3.2. Biographische Würdigung – Lebensbilanz

Jeder Lebenslauf besteht aus einer Mischung von Positivem und Negativem. Aber in allen Vorbereitungsgesprächen ergab es sich, dass der oder die Verstorbene sich durch irgendetwas absolut Besonderes auszeichnete. Dieses Besondere und damit Wertvolle herauszufinden, war immer meine Absicht. Deshalb glaube ich, dass letztlich jede Lebensbilanz immer im Plus abschließt – ganz anders als Bilanzen bei einer Bank oder bei einem Steuerberater. Am Grab sollte die Versöhnung mit Fehlern, die wir ja alle auf die eine oder andere Weise haben, eine wichtige Bedeutung für uns alle haben. Lassen Sie für diesen einen Tag, den Tag der Beerdigung, einfach mal fünf gerade sein. Mit der Haltung der Toleranz und Gelassenheit gegenüber Fehlern lässt sich nicht nur das Leben besser bewältigen sondern auch Tod und Sterben.

1.3.3. Idealtypischer Ablauf einer Trauerfeier

Im Folgenden möchte ich ein paar Worte über einen idealtypischen Ablauf einer Trauerfeier verlieren. Ich will mich aber dabei kurz halten, weil letztlich die Kreativität der Angehörigen gefragt ist bei der Gestaltung. Die Einhaltung dieser oder jener Vorschriften ist dabei zweitrangig. In kurzen Thesen möchten ich diesen idealtypischen Ablauf darstellen:

(1) Eine Trauerfeier (= Tf.) kann **religiös oder nichtreligiös** (und in diesem Sinne „Frei“, also frei von Vorschriften einer Religion oder Konfession) gestaltet werden. Ist sie religiös, ist i.d.R. auf liturgische Vorgaben zu achten. Solche Vorgaben kann man finden für den christlichen Raum unter:
a. katholisch: Die kirchliche Begräbnisfeier in den Bistümern des deutschen Sprachgebietes, Freiburg, Herder 2009[2]. Maßgebend für die katholische Kirche ist in liturgischen Belangen das sog. Rituale Romanum, in dem eben auch der Begräbnisritus festgelegt ist.
b. evangelisch: Gottesdienstbuch für die evangelische Landeskirche in Baden-Württemberg. Im evangelischen Teil der Welt gibt es eine vergleichbar verpflichtende Vorgabe, wie sie durch das Rituale Romanum im der katholischen Kirche besteht, nicht. Hier ist sehr viel mehr die Zuständigkeit der einzelnen Landeskirche gefragt. Es ist daher ein großer Unterschied, ob man es mit einer reformierten Kirche zu tun hat, wie es etwa in der Schweiz der Fall wäre. Die reformierte Tradition, wie sie vor allem Johannes Calvin festgelegt hat, unterscheidet sich stark von der lutherischen Tradition, wie sie etwa in den skandinavischen Ländern gepflegt wird. Historische Gegebenheiten sind dafür verantwortlich zu machen. In Genf hat sich Calvin durchgesetzt mit seinen Vorstellungen; für die skandinavischen Länder ist sehr stark der Einfluß des Schwedenkönigs Gustav Adolf verantwortlich für die Entwicklung der konfessionellen Landschaft. Wer sich für konfessionskundliche Fragen interessiert, dem empfehle ich eines der verschiedenen Handbücher zu diesen Fragen, wie etwa die Konfessionskunde von Johannes Oeldemann (Bonifatius-Verlag).
c. Frank Maibaum, Das Abschiedsbuch, Kiel, Steinkopf Verlag 2015[2].
d. hilfreiche Internetadresse: www.abschiedstrauer.de . Bei c. und d. findet man Vorschläge zur konkreten Gestaltung von religiösen und nichtreligiösen (also freien) Trauerfeiern.

(2) Grundsätzlich gibt es **drei Grundformen**, die jeweils einen anderen Ablauf ergeben:
a. Die Tf. Findet statt an nur **EINER STATION**, dh: man trifft sich NUR am Grab zur Grablegung, oder NUR in der Kapelle bzw. Kirche zur Trauerfeier (wenn die Grablegung entweder schon stattgefunden hat oder erst zu einem späteren Zeitpunkt stattfinden wird).
b. Die Tf. findet statt an **ZWEI STATIONEN**, dh: man trifft sich in der KAPELLE/KIRCHE und die Trauergemeinde geht dann in einer gemeinsamen Prozession (=Kondukt) zum GRAB zur Grablegung.
c. Die Tf. findet statt an **DREI STATIONEN**, dh: z.B. in der Kirche findet ein Sterbeamt statt (kath.), man geht dann danach in einer Prozession zur Friedhofskapelle zu einer kurzen Statio.

Danach geht man zum Grab zur Grablegung. An dieser Stelle möchte ich die Bezeichnung „Requiem“ erklären: Es gibt im festgelegten Text für denjenigen Gottessdienst, der speziell als Sterbeamt gestaltet wird, einen festen „Eröffnungsvers“ (Introitusvers), der in der lateinischen Fassung lautet:“ Requiem aeternam dona eis Domine et lux perpetua luceat eis.“ Übersetzt heißt das: „Ewige Ruhe gib ihnen, oh Herr, und das ewige Licht leuchte ihnen“, wobei mit „eis“ (= ihnen oder jenen) eben die Verstorbenen gemeint sind. Da das erste Wort im Eröffnungsvers „requiem“ lautet, nennt man diese bestimmte Art von Gottesdienst nach diesem ersten Wort. Diese besondere Gottesdienstform der Totenmesse oder des Sterbeamtes regt manche Komponisten zu besonderen musikalischen Gestaltungen an, sodaß das Wort Requiem in der Folge, also sekundär, zu einer Bezeichnung für eine bestimmte Kompositionsform wird, nämlich das Requiem, zum Beispiel das Requiem von Mozart. Es ist kein MUSS, aber will sich jemand im Wald von liturgischen Fachbegriffen ein wenig informieren, dem empfehle ich, einen Blick in eines der liturgischen Lexika zu werfen; empfehlenswert wäre z.B.: „Kleines liturgisches Lexikon“ von Rupert Berger (Herder-Verlag).

(3) Beispiel für einen möglichen **Ablauf einer Trauerfeier** (hier mit zwei Stationen):

a. ERSTE STATION: Friedhofskapelle

- Trauergäste und Angehörige treffen ein und erwarten den Beginn der Feier. Dabei läuft besinnliche Musik im Hintergrund.
- Der Zelebrant (=Leiter der Feier) zieht ein und eröffnet die Feier mit einer liturgischen Grußformel („Im Namen des... / Der Herr sei mit euch / Antwort: Und mit …).
- es folgt ein Gebet oder Psalm, womit man ausdrückt: Wir nehmen Abschied.
- Textlesung, entweder Schriftlesung (Bibeltext) oder Gedicht. Hier sollte der Text in einem Bezug zum Charakter des Verstorbenen stehen. Was gelesen wird, wäre mit Angehörigen zu klären.
- Traueransprache / Predigt zum vorgetragenen Text und zum Verstorbenen.
- daran anschließend wäre Gelegenheit für kurze weitere Nachrufe von Freunden, Berufskollegen, Angehörigen.
- Fürbitten
- Segnung mit Weihwasser (kath.) als Zeichen dafür, daß der Verstorbene durch die Taufe bereits mit Jesus verbunden ist und im Tod mit ihm die Auferstehung erfahren wird. Bei einer freien Trauerfeier ist dieses Element eher unpassend, da in diesem Fall eine Einbindung in Kirche oder kirchliche Vorstellungen entweder nur bedingt oder gar nicht vorhanden sind oder sogar ausdrücklich abgelehnt werden. Zumindest muss die Frage, welches Verhältnis der Verstorbene und die Angehörigen zu ihrer Kirche oder sonstigen Glaubensgemeinschaft hatten, im Vorbereitungsgespräch angsprochen und geklärt werden. Der Trauerredner sollte sich m.E. zurückhalten vor einer „kirchlichen Vereinnahmung“ jeder Art. Ich will nicht unerwähnt lassen, dass ich Symbole oder sonstige Elemente, die eine kirchliche Bindung assoziieren, in der Regel einfach auslasse – sehr wohl keineswegs aber Symbole oder Elemente, die einen wahrhaftigen Glauben oder sonstige Lebenseinstellungen erkennen lassen. Die von den deutschen Bischöfen selbst in Auftrag gegebene SINUS-Studie stellt offen die Verschiedenheit der Lebensmilieus fest, in der die Menschen von heute leben. Die SINUS-Studie sollte auch für die Seelsorge Folgen haben. Hierin wäre ein breites Arbeitsfeld für beide Kirchen zu sehen.
- Instrumentalmusik, Lied.
- Schlusssegen des Zelebranten.
- Die Trauergemeinde verabschiedet sich vom Verstorbenen (also am Sarg/Urne). Eine Idee wäre, dass jeder eine Blume vor den Sarg/Urne legt; oder ein Teelicht oder ein Erinnerungsstück dort ablegt oder auf den Sarg seinen Namen schreibt.
- Auszug aus der Kapelle: Die Trauergemeinde geht in einer Prozession (wobei auf eine Prozessionsordnung zu achten ist, die in der Regel von ortsüblichen Gewohnheiten abhängt, auch wenn eigentlich der Begriff Kondukt klar definiert ist) von der Kapelle zum Grab zur Grablegung.

b. ZWEITE STATION: Grab

- man versammelt sich in Stille um das Grab herum.
- Sarg oder Urne wird in das Grab gelassen.
- Gebet des Zelebranten: z.B. „Jesus spricht: ich bin die Auferstehung und das Leben“ (Joh 11,25f.); an dieser Stelle kommt auch: „Asche zu Asche, Staub zu Staub...“ (Gen 3,19) verbunden mit dem

symbolischen dreimaligen Werfen von Erde mit einer kleinen Schaufel.
- es folgt das VATER UNSER, womit die Beerdigung eigentlich abgeschlossen wird.

(4) Zusammenfassende Bemerkungen:
- Die gesamte Tf. hat als Gestaltungselemente: Gebete, Schriftlesung (AT/NT), Gedichte, Lieder, Instrumentalmusik, Rede (n).
- Am Grab sollte Stille vorherrschen. Es ist der Moment des endgültigen Abschieds.
- Reden (Traueransprache und Nachrufe) passen am besten in den Teil der Tf., der in der Kapelle / Kirche stattfindet; einzelne Kurzansprachen folgen also in der Regel im Anschluss an die Predigt / Trauerrede.
- Die nichtreligiöse bzw. freie Tf. hat einen analogen Ablauf, verwendet aber keine ausdrücklich religiösen Texte oder Lesungen oder religiösen Symbole sondern eher allgemeine Texte oder Gedichte.
- Oft wird von der Meinung ausgegangen, dass an der Frage, ob man am Ende einer Trauerfeier das VATER UNSER sprechen will oder nicht, sich entscheidet, ob eine Trauerfeier religiös oder nichtreligiös zu bezeichnen ist. Das ist eigentlich falsch. Das macht ja gerade die Freiheit der freien Gestaltung aus, dass man sich (also Angehörige und Trauerredner) für diejenigen Texte, Gebete oder Lieder entscheiden kann, die man eben bevorzugt – gleichgültig, ob und wie sehr diese Elemente ausdrücklich religiösen Charakter besitzen oder nicht. Speziell das VATER UNSER war bei den Trauerfeiern, die ich halten durfte, bis auf eine Ausnahme (vgl. Kapitel 23; hier hatten die Angehörigen den Wunsch, auf jegliches Religiöse zu verzichten) erwünscht und gewollt. Will man Alternativ-Texte finden, erlaube ich mir hier eine Literaturanregung: „Jochen Jülicher, Solange ihr mich liebt – Texte und Gedichte zum Abschied." Vielleicht besteht Interesse an Gebeten oder meditativen Texten aus dem ausserchristlichen Raum ? Dann möchte ich mir folgende Literaturanregung erlauben: Zum einen das Buch „Wir alle sind Pilger: Gebete der Welt" von P.Dr. Sebastian Painadath (Köselverlag); zum anderen das Hörbuch mit meditativer Musik „Die schönsten Gebete der Welt" von Hoffmann Werner und Philipp Schepmann (Felsenfest Musikverlag). Damit soll aber der Kreativität der Angehörigen keinerlei Grenze gesetzt werden. Wie gesagt: Alles kann – nichts muß.

1.4. Gliederung dieses Buches

Es wechseln Gedichte, die ich geschrieben habe, ab mit den Trauerfeiern, die ich gestalten durfte. Es wechselt Lyrisches mit einer Trauerrede bzw. Trauerfeier. Namen und biographische Details sind aus Gründen der Diskretion und Schweigepflicht verfremdet. Man feststellen, dass in der Durchführung einer Trauerfeier ein planvolles und schrittweises Vorgehen sehr sinnvoll ist. Sowohl in den Trauerfeiern wie in den Gedichten lasse ich gerne persönliche Erfahrungen einfließen – Verlusterfahrungen, die jeder und jede auf irgendeine Weise entweder schon gemacht hat oder noch machen wird. Das Leben ist reich leider nicht nur an Positivem sondern auch an Negativem. Dennoch sollte der Trost das letzte Wort haben. Hierzu möchte ich meinen seelsorgerlichen Beitrag leisten in einer Weise, die den Menschen so ernstnimmt, wie er ist – und dazu gehört nicht nur der homo religiosus sondern auch der homo secularus, der Mensch, der die Frag-würdigkeit des Lebens erkannt hat und sich mit rein affirmativen Antworten nicht (mehr) zufrieden geben kann.

2. Lyrisches

Gedicht eines Selbstmörders
oder
Blick zu den Sternen

Ich habe mich geirrt mit allem, was ich tat.
Eine blasse Stimme ruft mir zu: Sei nicht verzagt.
Sie ruft, doch kann ich sie schon lange nicht mehr hören.

Mein Verstand und Herz sind taub und können dieser Stimme nichts entgegnen.

Es treibt mich ziellos eine Kraft
zu suchen, was mein Leiden schafft.
Sterne seh ich zu mir grüßen.
Es ist, als läg mir eine Welt zu Füßen.

Das All betäubt mir meinen Sinn.
Mein Blick weiß schon lang nicht mehr, wohin ?
Sollte mich wer finden,
sollt' er mir ein Licht anzünden.

Sollte dieses Licht mich führen,
sollt' mein Geist sich nicht verlieren.
Sollte eines Wesens mit dem Fluche
meine Seele fragen: „ach, wie rufe

ich für dich noch Hilfe schnell herbei ?“,
Dann sag ich: „Jede Hilfe ist doch einerlei.
Laß dich lieber fallen, armer Mann.
In dieser Welt kommt es auf dich nicht an.“

Als ich so am Fenster stand und starrte in die Leere,
rief ich: „Alles Gott zur Ehre.
Wollte immer nur das Beste tun.
Ich bitte alle: Laßt mich ruh'n !“

3. Erste Trauerrede

Trauerfeier für Destiny Harmony K.

I. EINLEITUNG:

1. Verlesen von Koh 3, 1-2 u. 4. u. 8. u.10-11 : (Eine Freundin der Verstorbenen tritt an das Ambo und liest)

1Ein jegliches hat seine Zeit, und alles Vorhaben unter dem Himmel hat seine Stunde:

2geboren werden hat seine Zeit, sterben hat seine Zeit; pflanzen hat seine Zeit, ausreißen, was gepflanzt ist, hat seine Zeit;

4weinen hat seine Zeit, lachen hat seine Zeit; klagen hat seine Zeit, tanzen hat seine Zeit;

8lieben hat seine Zeit, hassen hat seine Zeit; Streit hat seine Zeit, Friede hat seine Zeit.

10Ich sah die Arbeit, die Gott den Menschen gegeben hat, dass sie sich damit plagen.

11Er hat alles schön gemacht zu seiner Zeit, auch hat er die Ewigkeit in ihr Herz gelegt; nur dass der Mensch nicht ergründen kann das Werk, das Gott tut, weder Anfang noch Ende.

2. Begrüßung:

Wir alle sind geschockt von dem verhängnisvollen Verkehrsunfall, der Destiny Harmony und ihre zwei Freundinnen das Leben gekostet hat. Als erstes darf ich zu dieser Trauerfeier die Eltern begrüßen, Sie,Frau K. und Herr K.. Ebenso die Eltern der beiden Freundinnen von Destiny Harmony. Ich begrüße auch sehr herzlich alle Verwandten und Freunde. Ich bedanke mich bei der Freundin von Destiny Harmony, die gerade einen Text aus dem Buch Kohelet vorgetragen hat.

II. ANSPRACHE ZUR FRAGE: Ist Trost möglich ?

1. Schuld und Verantwortung:

Trost – woher soll er kommen ? Das Leben von Destiny Harmony wurde mit nur 23 Jahren tragisch beendet, ebenso das ihrer Freundinnen. Der Tod tritt als ein „Widerfahrnis" in unser aller Leben. Und das meint: Wir können daran nichts tun, wir sind machtlos dem Tod gegenüber. Destiny Harmony und ihre Freundinnen hatten keine Chance. Sie hätten natürlich „nicht" die Disco besuchen müssen, sie hätten „nicht" das eigene Auto benutzen müssen. Warum sind sie nicht einfach zuhause geblieben ? Aber solche im negativen Sinn moralisierenden Ermahnungen sind äußerst sinnlos – erst recht im Nachhinein. Sie sind nicht nur im Nachhinein sinnlos, sie sind einfach falsch. Im Angesicht von unausweichlichem Leid und unsagbarer Trauer haben solche Mahnungen nichts zu suchen. Der Autor des Buches Kohelet kennt das Gefühl, schicksalhaften Ereignissen machtlos ausgeliefert zu sein. Und doch endet er:

Er hat alles schön gemacht zu seiner Zeit ... nur dass der Mensch nicht ergründen kann das Werk, das Gott tut, weder Anfang noch Ende.

Der Sinn von Leid ist für uns nicht begreifbar. Der jüdische Theologe Pinkas Lapide sagte einmal: „Nach Auschwitz ist für uns (Juden) ein allmächtiger Gott nicht mehr vorstellbar." Er bringt das Dilemma vor dem wir alle jetzt stehen auf den Punkt. Wenn der Gott der Liebe unermeßliches Leid zuläßt, kann er nicht allmächtig sein. Wer ist dann verantwortlich zum Beispiel für dieses Unglück, das uns jetzt alle tief getroffen hat ? Man kann sagen: verantwortlich ist der Unfallverursacher, der durch unbedachten Alkoholkonsum den verheerenden Unfallhergang herbeigeführt hat und dieser unverantwortliche Mensch möge nun seiner gerechten Strafe zugeführt werden. Aber auch das lindert letztlich nicht den Schmerz und die Trauer, die uns alle erfüllt. Der Schmerz bleibt. Nach den Worten des Buches Kohelet bleibt nur, sich zu fügen. „Alles hat seine Zeit".

2.Ausblick in Richtung Hoffnung:

Neben Pinkas Lapide möchte ich aber noch jemand anderen nennen. Jemand, der wußte, daß er dem Tod nicht ausweichen kann und der wahrhaft Grund gehabt hätte, an seinem Leben zu verzweifeln: Sie werden ihn an seinem folgenden Gedicht erkennen:

Von guten Mächten wunderbar geborgen

erwarten wir getrost, was kommen mag.

Gott ist mit uns am Abend und am Morgen

und ganz gewiß an jedem neuen Tag.

Dietrich Bonhoeffer schreibt diese Zeilen in den Tagen des Jahreswechsels von 1944 / 1945 aus seiner Haft heraus, von der er zu diesem Zeitpunkt weiß, daß er sie nicht mehr lebendig verlassen wird, weil seine Verbindung zum Widerstand und die vieler anderer restlos aufgedeckt ist. Und er schreibt diese Zeilen an seine Familie, vor allem seine Verlobte und seine Eltern. Am 9. April 1944 wird er hingerichtet und soll noch gesagt haben: „Das ist das Ende. Für mich der Beginn eines neuen Lebens."

Liebe Trauergemeinde,

es ist meine persönliche Meinung, daß eine befriedigende Antwort auf die Frage nach dem Sinn des Leidens nicht möglich ist. Stattdessen bin ich der Meinung, daß wir uns mit dem Paradox zufrieden geben müssen, daß Gott uns das Leiden niemals abnehmen, er aber immer der Begleiter unseres Lebens bleiben wird. Trotzdem und im Grunde deshalb bleibt er der liebende Gott, und ist nicht etwa der zynische Gott, der womöglich Gefallen findet an unserem Leiden. Ich bitte Sie darum, ihr Leben mit Mut neu anzupacken und nicht in der Schockstarre zu verharren, die uns alle jetzt erfaßt hat. Der lebensfrohe Charakter von Destiny Harmony K. kann uns vielleicht diesen Mut schenken. Ich kann Sie nicht alle auffordern, wie Destiny Harmony Sänger oder Sängerin in einer Band zu werden; vielleicht mag der eine oder andere von Ihnen auch keine Disco-Besuche. Aber ich bitte Sie dringend, nicht in Ihren Wohnhäusern gegen weiße Wände zu starren und in destruktiven Trauergefühlen zu versinken. Daher mache ich Ihnen allen (und zwar nach vorheriger Absprache mit den Eltern von Destiny und ihren Freundinnen) – und ich meine absolut alle Anwesenden hier im Raum, alle Familienangehörigen aber auch alle Freunde und Verwandten – folgenden Vorschlag: Ich schlage vor, daß wir uns alle einmal im Monat, sagen wir jeden ersten Montag im Monat, hier im Gemeindezentrum zum Tee treffen jeweils abends gegen 19.00 Uhr. Unser Ziel, das wir damit erreichen möchten, ist: Es soll niemand in seiner Trauer sich allein gelassen fühlen sondern jede und jeder möge sich im Gegenteil vom andern mitgetragen wissen in allem, was ihn oder sie in dieser jetzt so schweren Zeit bedrängt. Ihnen allen möchte ich abschließend einen Ausspruch der ehemaligen EKD-Vorsitzenden Margot Käßmann zurufen:

„Gott ist bei den Leidenden. Gott zieht uns nicht plötzlich aus dem Leiden, aber wenn wir leiden und angefochten sind, steht Gott uns bei."

Ich wünsche mir zahlreiches Erscheinen beim Tee zu Ehren der verstorbenen Destiny Harmony K. und ihrer beiden Freundinnen. Vielen Dank.

4. Lyrisches

Alte Dame – Alte Liebe

Eine alte Dame ging
entlang des Weges und sie fing
eine Ameise, die bald
sah, daß diese Frau sehr alt.

Die Ameise machte sich 'nen Scherz
und biß die Alte in ihr Herz.
Und der Anblick, den die Dame danach bot,
vermittelte: Sie war mausetot.

Die Ameise husch, husch verschwand
und fragte sich: „Hat mich jemand erkannt ?"
Im Gras, da lag die alte Dam
und die Ameise krümmte sich vor Gram.

Ja, sie errötete vor Scham,
als der Ehemann der Dam vorüberkam.
Und eines wunderte die Ameise gar sehr:
Der Ehemann lächelte mehr und mehr.

Da war von Trauer keine Spur.
Und des Gatten Blicke blickten stur
auf das goldene Amulett,
das seine Gattin trug kokett

auf ihrer off'nen Bluse

und er bedankte sich bei Gott:
Lange hatte ich sie,
jetzt hast Du'se.

Vorüber war's mit der Dame Leben.
Und die Ameise dachte: „So ist es eben:
Liebe kommt und Liebe geht.
Es lebe hoch, wer länger lebt."

Die Ameise dachte so für sich allein:
Wie wär's wohl mit einem Grabstein ?
Auf dem wäre dann zu lesen:
„Jetzt mein Leben ist gewesen."

Es könnt auch steh'n ein Spruch wie dieser:
„Gehabt euch wohl, ich komm nicht wieder !"
Vielleicht, daß sie im Himmel selig.
Ihren Gatten kümmert dies indes nur wenig.

Er sieht nur sich und sein Pläsier.
Und dankt der Göttergattin sehr dafür.
Die große Freiheit hat sie ihm gegeben.
Dafür mag sie im Himmel ewig leben.

Nun der fromme Witwer ging
entlang des Weges und fing
keine Ameise – nein – einen Blick
von einer jungen Dame auf, die mit Glück

auf ihrem Fahrrad kommend ihn nur rammte
und ihn danach fragte, woher er denn stammte.
Und er sagte: „Ich bin von hier und du ?"
Da legte hin ihr Fahrrad sie im Nu.

„Ei hallo", er dachte, und wie schön
sei diese Dame anzuseh'n.
Ob sie bereit mit ihm zu einem Flirt ?
Ja, mit ihm zu geh'n an einen geheimen Ort ?

Doch als er anhob, sie zu bestürmen,
da ging junge Dame türmen.
Es kam nicht zu dem erhofften Moment.
So fand die Begegnung bald ein End.

Lediglich sie fragt' noch nach der Uhr.
Was Männer manchmal denken nur.
Es war auch sowieso schon viel zu spät.
Ein braver Mann um diese Zeit ins Bett schon geht.

Nicht so unser alter Mann,

der so allein nicht schlafen kann.
Und weil es in ihm gar so drang,
da suchte er sich ein Etablissemang.

Schließlich fand er eins nach sehr viel Zeit
und war entzückt von einer schönen Maid,
die ihm gefiehl, ja, viel zu viel.
Doch auch hier kam er nicht zu seinem Ziel.

Denn diese Maid nach Stunden sagte ihm:
„Um zwölwe schließen wir – mach hin!“
Prompt verwandelte sich in Frust,
was vorher aussah, als wär' es Lust.

Da ging der alte Mann verschämt,
die holde Maid hinter ihm noch gähnt:
„Mach's gut, Genosse, komm bald wieder.
Gib acht auf Deine steifen Glieder!“

Der Mann alleine auf dem Wege geht.
Ob er diese Frau je wieder sieht ?
Er denkt, wie schön es ist zu zwein
und weiß: nicht nur diese Nacht wird er alleine sein.

Wenn eine alte Liebe tot ist, sie kommt nicht wieder.
Man kann nur träumen von den Zeiten früher.
Man kann klagen: “ ach war ich so dumm.
Doch meine Sturm-und-Drang-Zeit, die ist um.“

Drum:
Gott möge geben, wozu er bereit.
Und er möge nehmen, wenn es ist Zeit.
Er sagt, wenn es zu Ende ist.
Wohl dem, der das nie vergißt !

5. Zweite Trauerrede

Trauerfeier für Karl B.

I. Begrüßung:

1. Sehr geehrte Frau Hannelore B,, Sehr geehrte Frau Gabi B. ich begrüße Sie beide als Witwe bzw. als Tochter des verstorbenen Herrn Karl B. sehr herzlich zu dieser Trauerfeier. Ich darf auch herzlich begrüßen die Enkelkinder des Verstorbenen: Nora und Maurus B. Ebenso darf ich begrüßen Herrn Andreas B. und Herrn Axel B. als Sohn bzw als Schwiegerssohn des Verstorbenen. Außerdem bedanke ich mich bei allen Verwandten und Freunden des Verstorbenen, daß sie alle die Zeit gefunden haben, heute an dieser Trauerfeier teilzunehmen, die Trauerfeier für den verstorbenen Karl B., der am 31. Dezember 2016 verstarb im Alter von 79 Jahren an einem Krebsleiden. Anfang Dezember war er in das Klinikum dieser Stadt eingeliefert worden mit dem Verdacht auf eine Lungenentzündung. Tatsächlich wurde eine weit fortgeschrittene Krebserkrankung diagnostiziert.Er lebte bereits seit zwei Jahren in einem Pflegeheim, im Johanniterhaus. Im Alter von 76 Jahren

hatten bereits mehrere Schlaganfälle zu einer allgemeinen körperlichen Schwächung geführt; sogar leichte Lähmungen stellten sich ein, die ihn dann zwangen, einen Rollstuhl zu benutzen. Er war jedoch nie alleine, kann man sagen. Sie sagten mir, Frau B., Sie hätten Ihren Mann im Pflegeheim regelmaessig, mehrmals die Woche besucht. Ihr treuer Beistand über diese lange Zeit war fuer ihren Mann sicherlich sehr wichtig. Es half ihm sich zunehmend an das Pflegeheim zu gewöhnen, auch wenn seine Sympathien für Altenheime anfänglich eher zurückhaltend waren. Er nahm im Laufe der Zeit die neue Herausforderung mit Demut an und beschwerte sich kaum. Und wie Ihr Vater es oft erwaehnte waren auch Sie, Andreas, eine sehr zuverlässige und treue Unterstützung in dieser schweren Zeit seines Lebens,
Auch Sie Gabi machten sich vielmals von G. in Ihre Heimatstadt auf den Weg, um ihrer Familie liebevoll zur Seite zu stehen. Zu Ehren dieses Mannes haben wir uns heute versammelt.

2. Sehr geehrte Trauergäste,
Sie alle kennen ja sicher die vielen verschiedenen Casting-Shows, die es im Fernsehen immer wieder gibt. Die vielleicht Bekannteste ist die Sendung „Deutschland sucht den Superstar“. Bei dieser und allen anderen Casting-Shows wollen sich junge Menschen im Grunde mit einem einzigen Sprung hineinkatapultieren in ein erfolgreiches Leben als Schlagerstar. Den weitaus meisten wird jedoch schnell klar: Wenn man große Karriere machen will, bedeutet das harte Arbeit. Es bedeutet oft auch, mit Niederlagen leben zu müssen. Dass einem ein Millionenpublikum zujubelt, steht selten am Anfang einer Künstlerkarriere. Da steht zumeist, dass ein Sänger oder Sängerin womöglich vor einem halbleeren Saal auftreten muß. Wer Star werden will, braucht nicht nur Träume von einem schönen Leben als große Berühmtheit; wer Star werden will, braucht auch Durchstehvermögen, Frustrationstoleranz, muß lernen, mit Niederlagen umzugehen; mss eben lernen: Star wird man nicht mal eben so.

3. Ich möchte folgenden Grundgedanken des dänischen Philosophen Sören Kierkegaard kurz darstellen. Nach seiner Überzeugung lebt jeder Mensch in dem Dilemma, das Kierkegaard überspitzt formuliert: „Entweder ich möchte sein wie der große Cäsar, oder ich möchte gar nicht leben.“ Im Blick auf das Problem der Selbstverwirklichung führt Kierkekgaard dann aus: Wer so sein Leben leben möchte, wird es verfehlen. Weil: Wäre es denn möglich, Cäsar zu sein (der ja nun mal nicht mehr lebt), dann wäre man ja nur eine Kopie von jemand anderem; dasjenige Ich, das nach Selbstverwirklichung strebt, hätte sich selbst also verfehlt. Würde dieses Ich aber lebensverneinend sagen, es möchte gar nicht leben, wenn es nicht Cäsar sein kann, hätte es sich ebenso verfehlt. Das bedeutet für uns alle, liebe Trauergäste: Es muß etwas Drittes geben zwischen den beiden Möglichkeiten, eine große Persönlichkeit wie Cäsar zu sein, oder eben irgend ein Superstar, und eben gar nicht mehr leben zu wollen. Das große Weinen, das ich immer wieder bei jungen Menschen gesehen habe, die leider ihr großes Ziel nicht erreicht haben in dieser oder jener Casting-Show, läßt mich vermuten, daß dieses Dritte wohl irgendwie gar nicht im Blick ist, als wenn es dieses Dritte gar nicht gäbe.

II. Biographische Darstellung:

1. Verehrte Trauergäste,
Am 1. Mai 1937 erblickt jemand das Licht der Welt – und er wächst hinein in eine trübsinnige Welt. 1939 beginnt der zweite Weltkrieg. Ein großer Teil seiner Kindheit ist eher geprägt von Entbehrungen und Erfahrungen, von denen man sich eher wünscht, man hätte sie erst gar nicht gemacht. Der, von dem ich rede, wurde in Neudorf geboren, in Schlesien; und im Alter von etwa fünf/sechs Jahren, mußte er mit seiner Mutter und seinen acht Geschwistern fliehen und die Heimat für immer verlassen. Der Vater war als Soldat im Krieg; die Mutter hatte die Arbeit in der Landwirtschaft und in der Familie alleine zu bewältigen. Einer der Knechte kam damals zur Mutter und gab ihr den Rat: „Pack schnell ein, was geht – nimm die Kinder und geh weg von hier.“ Sie,

verehrte Trauergäste, werden erraten haben, dass ich von Karl spreche, der hier mit seiner Mutter und Geschwistern fliehen musste. Er war eines von acht Geschwistern, von denen ein Kind sogar während dieser Zeit verhungert ist. Diese Flucht fand statt im Winter 1942/43; es ist genau der Winter, in dem die kriegsentscheidende Schlacht um Stalingrad geführt wurde – und die dem großen Führer die Einsicht hätte bringen können:
„Kapier es doch endlich; du hast verloren." Wir alle wissen, dass diese Einsicht nicht kam und die Kapitulation noch bis 7. Mai 1945 auf sich warten ließ. Hitler hat nicht nur Stalingrad ignoriert; er hat auch die erste große Flüchtlingswelle ignoriert, von der Karl und seine Familie ein Teil waren. Familie B. fand dann wieder zusammen in der Nähe von Hildesheim. Der Vater von Karl hatte jedoch einen Arm verloren in den kriegerischen Auseinandersetzungen. In der Landwirtschaft konnte er nicht mehr gut helfen.

2. Angesichts dieser Umstände blieb Karl der Traum, Förster oder Tierarzt zu werden verwehrt. Sein Vater drängte ihn aber dazu, zunächst einmal eine Lehre zu machen als Glockengießer. Er sollte etwas lernen, wovon man auch ein Leben bestreiten kann. Der Traum einer großen Selbstverwirklichung war hier nicht gefragt. Freilich hat Karl nicht den Weg in eine lebensverneinende Resignation gewählt. In den Jahren 1949 / 50 hatte die Familie, die sich ja gerade erst wieder gefunden hatte, in der Nähe von H., damit zu kämpfen, ein neues Leben überhaupt erst wieder aufzubauen. Allerdings hatte Karl einen sehr starkes Interesse und Willen sich noch weiter zu qualifizieren. Er interessierte sich besonders für Geschichte und Politik: Die Polizei bot ihm 1956 diese Perspektiven der Weiterbildungen und damit begann für ihn eine bemerkenswert gradlinige Berufsbiographie. Ich will nicht verschweigen, dass ich mit größtem persönlichen Interesse gehört habe von seiner Laufbahn im Polizeidienst, wo er schließlich am Ende als Hauptkommissar bei der Kriminalpolizei tätig war.

3. Was für ein Mann war Karl ?
a. Er war jedenfalls ein Mann, der dieses Dritte, von dem Kierkegaard sprach, gefunden hat. Er war weder Superstar noch jemand der lebensverneinend gesagt hätte: Wenn das Leben nicht so verläuft, wie ich es will, dann will ich mit diesem Leben nichts zu tun haben. Im Gegenteil: Er hat SEINEN Weg gefunden, so meine ich , sagen zu können.

b. Zu seiner Berufsethik und Überzeugung gehörte es auch, so manches Mal mit gesundem Menschenverstand und Pragmatismus junge Straffällige nicht einfach wegzusperren, sondern ihnen Hilfen anzubieten, das Leben doch wieder in Bahnen zu lenken, die eher zu einem gelungenen Leben föhren. Gemeinsam mit seinem beruflichen Weggefährten und späteren Freund Helmut, der heute auch mit uns ist, sind ihm diese Dinge oft gelungen.

c. Gerade seine pragmatische, hilfsbereite Seite wurde auch im Privaten, in der Familie und im Freundeskreis geschätzt. Gerne half er bei den vielen Umzügen von Axel und Gabi, hütete die Enkelkinder. Auch wenn jemand eine schwere Lebensprüfung durchstehen musste, im Fall von Trennungen, Todesfällen und anderen lebenseinschneidenen Veränderungen zeigte er viel Mitgefühl und Beistand. Die Möglichkeit des Scheiterns – es läuft eben nicht alles immer einfach glatt – diese Möglichkeit hat Karl gesehen. Auch hier lässt sich ein Wort Kierkegaards nennen, auf das ich hinweisen möchte: „Man kann sein Leben nur rückwärts verstehen, aber man muss es vorwärts leben." Und das bedeutet: Man kann im Vorwärtsschreiten des Lebens Fehler
begehen – die man erst im Nachhinein überhaupt wahrnimmt. Lebensideen können scheitern.

4. Was bereitete ihm Freude?
a) Es gab natürlich auch viele Momente wo Karl aus sich herauskam: Wenn es z.B. um gutes Essen ging, man denke nur an Kaninchenbraten zu Weihnachten, den grenzenlosen Appetit..., Baguette,

Käse und Austern in Frankreich oder an die Natur: das Maigrün, die Fischerteiche, der Buchenwald, die „Glocke von Schiller", von der er oft im Spass viele Verse mit großer Geschwindigkeit ohne Punkt und Komma zitierte und stolz war, sich alles noch merken zu können,

b) Den größten Platz in seinem Herzen hatte bis zum Ende seine Frau Lore, mit der er sich sehr eng verbunden fühlte und die sehr wertvoll für ihn war. Man könnte annehmen, wenn er Pharao gewesen wäre, hätte er sie mit ins Grab genommen, aber da hat Lore noch einmal Glück gehabt, Wäre Lore eine Göttin würde sie „Kalle" wieder zum Leben erwecken wollen. Aber wie wir alle wissen, sind wir weder Caesar, Pharao oder sogar Gott...
Die Familie und der Zusammenhalt insbesondere generationsübergreifend war für Karl etwas sehr Kostbares:
die gemeinsamen Geburtstagsfeste mit Geschwistern, seiner Mutter, die am gleichen Tag Geburtstag hatte, die Besuche seiner Enkelkinder Nora und Maurus, auf die er sich immer lange im Voraus freute und kaum abwarten konnte; die vielen Familientreffen in Hinterzarten im Schwarzwald und wie gerne kam er auch nach Frankreich, gewappnet mit seiner Baskenmuetze, um das Land seines „Freundes" Charles de Gaulle immer mehr zu entdecken. Wie Gabi erzählte, diskutierte er gerne....... (natürlich nur so lange man seiner Meinung war) und als überzeugter Europäer interessierte er sich für Geschichte und Kultur. Es sollte an dieser Stelle auch erwähnt werden, wie sehr sein Familienherz blutete als er vom Unfalltod seiner jüngsten Enkeltochter Amelie erfuhr. Er brauchte lange, um über diesen Schmerz hinwegzukommen.

5. Abschließend möchte ich deshalb sagen über Karl:
a. Er hat bewusst oder unbewusst die beiden zitierten Grundgedanken Kierkegaards vorbildlich gelebt:
(1) Zum einen hat er dieses DRITTE zwischen den beiden Extremen „Superstar" und „Lebensverneinung" gefunden – und zwar durch Kämpfen und Auseinandersetzen mit sich selbst und seinen Mitmenschen.
(2) Zum anderen war ihm die Möglichkeit des Scheiterns als Teil des Lebens offenbar bewusst. Das kann ja eine Art Aufforderung sein an uns alle, demütiger und verständnisvoller mit Fehlern anderer und eigenen Fehlern umzugehen. Ich darf nochmal an das Wort Kierkegaards erinnern: „Wir können unser Leben nur rückwärts verstehen, aber wir müssen es vorwärts leben."
(3) Dies alles zusammengenommen veranlasst mich persönlich zu der wirklich ernstgemeinten und von Herzen kommenden Schlußbemerkung: Es war wirklich eine Ehre für mich, Frau B., über ihren Mann diese Gedanken zusammentragen zu dürfen. Ich möchte Sie daher nun alle einladen, zunächst Ihre ganz eigenen Erinnerungsbilder an sich vorbeiziehen zu lassen. Lassen Sie dem folgenden Musikstück „So nimm denn meine Hände" zuhören und wer will, mag den Text, der auf den Bänken ausgeteilt wurde, ein wenig mitlesen.

Musikstück: So nimm denn meine Hände (instrumental)
(auf den Bänken liegen die Texte zu diesem Lied aus, falls jemand mitlesen möchte)

Wenn die Musik endet. folgt folgender Text:
Am Ende möchten wir ein bekanntes Gedicht von Dietrich Bonhoeffer vorlesen, einem grossen Theologen, Gegner Hitlers, das es kurz vor seiner Hinrichtung an seine Familie schrieb.

Dietrich Bonhoeffer:
Von guten Mächten

Von guten Mächten treu und still umgeben,
Behütet und getröstet wunderbar,

So will ich diese Tage mit euch leben
Und mit euch gehen in ein neues Jahr.

Noch will das alte unsre Herzen quälen,
Noch drückt uns böser Tage schwere Last.
Ach, Herr, gib unsern aufgeschreckten Seelen
Das Heil, für das du uns geschaffen hast.

Und reichst du uns den schweren Kelch, den bittern
Des Leids, gefüllt bis an den höchsten Rand,
So nehmen wir ihn dankbar ohne Zittern
Aus deiner guten und geliebten Hand.

Doch willst du uns noch ein mal Freude schenken
An dieser Welt und ihrer Sonne Glanz,
Dann wolln wir des Vergangenen gedenken
Und dann gehört dir unser Leben ganz.

Lass warm und hell die Kerzen heute flammen,
Die du in unsre Dunkelheit gebracht.
Führ, wenn es sein kann, wieder uns zusammen.
Wir wissen es, dein Licht scheint in der Nacht.

Wenn sich die Stille nun tief um uns breitet,
So lass uns hören jenen vollen Klang
Der Welt, die unsichtbar sich um uns weitet,
All deiner Kinder hohen Lobgesang.

Von guten Mächten wunderbar geborgen,
Er warten wir getrost, was kommen mag.
Gott ist bei uns am Abend und am Morgen
Und ganz gewiss an jedem neuen Tag.

Nach diesem Text:

Musikstück: Largo aus der Oper Xerxes, Händel

Während dieses Lied spielt, holt der Begräbnisleiter die Urne. Wir alle folgen ihm, die nächsten Angehörigen als erste hinter dem Begräbnisleiter.

III. Grablegung:

Jetzt wollen wir uns endgültig verabschieden von Karl B. . Lassen Sie uns dies tun, indem wir das VATER UNSER beten und jeder von uns sich dann auf je eigene Weise (mit einem Erdwurf oder einer Blume) vom Verstorbenen am Grab verabschiedet. Wir wollen gemeinsam beten:

Vater unser im Himmel,
geheiligt werde dein Name
Dein Reich komme,

Dein Wille geschehe,
wie im Himmel so auf Erden.
Unser tägliches Brot gib uns heute.
Und vergib uns unsere Schuld,
wie auch wir vergeben unseren Schuldigern.
Und führe uns nicht in Versuchung,
sondern erlöse uns von dem Bösen.
Denn dein ist das Reich und die Kraft
und die Herrlichkeit in Ewigkeit. AMEN

Damit endet die Beerdigung

6. Lyrisches

Friedhofsstille

Geradewegs entlanggeschlichen.
Sand geworfen durch die Luft.
Steine schlafen, weiß geblichen.
Strahlend scheint die helle Gruft.

Leben west dahin, kaum da.
Schwach nur regen sich die Würmer.
Trocken atmet Luft die Sonne
und die Teufel schreien: Ja !

Dumpfe Töne plätschern schwach.
Blitzend Wasser, tote Schmach.
Fühlend nichts mehr außer Hitze
glühend heiß wie Speer mit Spitze.

Blitzend Wassertropfen dunsten.
Öde Wüste, tote Schmach -
kocht in unsagbarer Hitze
glühend heiß wie Speer mit Spitze !

7. Dritte Trauerrede

Traueransprache zur Trauerfeier für Rosalia G.

Vorbereitung:
Am Grab steht bereits die Urne auf einem kleinen Tischchen. Vor diesem Grab versammeln sich die Trauergäste.
Die Feier beginnt:

1.Begrüßung:
a. Sehr geehrte Frau K., Sehr geehrter Herr K. !
Ich begrüße Sie recht herzlich zur Trauerfeier der verstorbenen Frau Rosalia G.. Ich darf auch alle anderen Familienangehörigen sehr herzlich begrüßen.
b. Thornton Wilder sagte einmal: „Es gibt ein Land der Lebenden und ein Land der Toten. Die

Brücke dazwischen ist die Liebe". Als ich zu Ihnen zum Gespräch kommen durfte, liebe Frau K. und lieber Herr K., spürte ich viel von der Liebe zwischen Ihnen und der Verstorbenen. Rosalia G. verstarb am 25. Oktober und wir haben uns heute versammelt, um ihr die letzte Ehre zu geben. Der Ausdruck „letzte Ehre" legt den Verdacht nahe, dass damit Rosalia G. einfach weg wäre. Ich durfte deutlich spüren: In der Liebe ihrer Angehörigen lebt sie weiter – freilich auf eine andere Art als vorher. Aber sie war an diesem Abend sehr präsent und gegenwärtig. Ich möchte mich ausdrücklich bedanken, daß Sie mir das Vertrauen schenkten, Rosalia G. ein wenig näher kennenlernen zu dürfen.

2. Biographische Würdigung:

a. Rosalia G. wurde geboren am 25. März 1927 in Temeschwar in Rumänien. Sie hatte vier Geschwister und die ganze Familie msste leider den II. Weltkrieg voll und ganz miterleben. Sie hatte aber später das Glück, in Ihrem Haus, liebes Ehepaar K., leben zu können, wo sie dann am 26. Oktober verstarb. Sie haben sie gepflegt und ihr Heimat gegeben. Ich habe gelernt, was das Wort „Familie" bei Ihnen bedeutet. Familie ist der Raum, in dem man sich alles sagen kann. Familie ist der Raum der Fürsorge, wo sich jeder aufgehoben weiß. Und bei Rosalia G., da fühlte man sich aufgehoben. Sie war fürsorglich, wie es mir geschildert wurde. Sie war eine Frau, an die man sich vertrauensvoll wenden konnte. Sie war gewohnt, einen bescheidenen Lebensstil zu leben. Das ist wohl bei den Generationen so, die Krieg erlebt haben. Da ist man mit seinen Ansprüchen an das Leben bescheiden. Bei Rosalia G. hatte diese Bescheidenheit aber nichts „Depressives" an sich. Sie hatte eine optimistische Lebenseinstellung.

b. *„Es hatte schon immer auf dem Planeten des kleinen Prinzen Blumen gegeben, sehr einfache Blumen mit nur einem Kranz von Blütenblättern. Sie brauchten kaum Platz und störten niemanden. Sie erschienen eines Morgens im Gras und verschwanden am Abend wieder. Aber diese eine hatte eines Tages Wurzeln geschlagen aus einem Samen, der wer weiß woher gekommen war, und der kleine Prinz hatte diesen kleinen Sprössling, der ganz anders war als die anderen Sprösslinge, sehr genau beobachtet. Es konnte eine neue Art vom Affenbrotbaum sein. Aber bald schon hörte der Strauch zu wachsen auf und er begann, eine Blüte hervorzubringen. Der kleine Prinz spürte, während er die Entwicklung einer riesigen Knospe beobachtete, dass eine wunderbare Erscheinung aus ihr hervorgehen müsse. Aber die Blume wollte einfach nicht damit aufhören, sich vorzubereiten. Ihre Schönheit reifte geschützt in ihrer grünen Hülle. Sie wählte ihre Farben sorgfältig. Sie kleidete sich langsam an, sie ordnete ihre Blütenblätter eins nach dem anderen. Sie wollte nicht so zerknittert aufgehen wie die Mondblumen. Sie wollte nur im vollen Glanz ihrer Schönheit erscheinen. Hey! Sie wollte hübsch sein! Ihre geheimnisvolle Toilette dauerte tagelang. Und eines Morgens, gerade bei Sonnenaufgang, enthüllte sie sich. Und sie, die mit größter Präzision gearbeitet hatte, gähnte und sagte:*

»Ah! Ich bin gerade aufgewacht ... Es tut mir leid ... Ich bin noch ziemlich zerzaust ...«

Der kleine Prinz konnte seine Bewunderung gar nicht mehr zurückhalten:

»Wie schön du bist!«

»Nicht wahr«, erwiderte die Blume leise. »Und ich bin zur gleichen Zeit geboren wie die Sonne ...«

c. Diese Geschichte aus dem Buch „Der kleine Prinz" von Antoine de Saint Exupery fiel mir ein als Sie mir aus dem Leben von Rosalia G. erzählten. Mit Interesse und Staunen hörte ich nämlich, daß sie äußerst gerne ihren Blumengarten pflegte – und sie pflegte nicht irgendwelche Blumen; ihr Blumengarten bestand zu 90 Prozent aus Rosen, wie Sie mir im Gespräch mitteilten. Daher hatten sie ja auch sich bei der Auswahl der Urne bewusst für das Rosenmotiv entschieden. Die Rose ist damit eigentlich ein Symbol für das Lebensfrohe bei Rosalia G.. Sie ist ebenso ein Symbol für das Schöne im Leben, für die Geborgenheit und die Heimat, die sie bei Ihnen hatte und die sie alle sich gegenseitig gespendet haben. Natürlich ist dieses Lebensfrohe nicht ungetrübt geblieben. Sie hatte vier Geschwister und sie alle hatten ihre Probleme, heil durch den Krieg und die Nachkriegsjahre zu kommen. Ebenso hatten aber auch Sie, verehrtes Ehepaar K., ihre Probleme, ihr Leben zu bewältigen. Herr K., Sie erzählten mir von der Flucht aus Rumänien, wo ja die ganze Familie herkommt. Diesen Umstand habe ich bisher mit Absicht nicht erwähnt, weil mir Ihre Herkunft aus so einem fernen Land gar nicht auffiel. Im Gespräch fiel ja auch der spannende Satz: Heimat ist da, wo die Familie ist. Mich hat beeindruckt, wie sie, um Familie zu haben, um fühlen und spüren zu dürfen, was Familie ist, doch Unglaubliches geleistet haben. Sie, verehrtes Ehepaar K., sind endgültig seit 1980 von Temeschwar in Rumänien nach Deutschland gekommen und haben hier zusammen mit Rosalia G. Heimat gefunden, weil sie auch mit viel Fleiß und harter Arbeit Heimat aufgebaut haben. Ich will damit mir die persönliche Bemerkung erlauben, daß mir ihr Haus einfach sehr gut gefallen hat. Heimat und Familiensinn drückt sich darin aus; hier kann man ein zufriedenes und in diesem Sinn glückliches Leben verbringen. Rosalia G. war in diesem Sinn eine glückliche Frau. Und wenn wir sie nun zu Grabe tragen, ist die Familie deshalb nicht um ein Familienmitglied weniger geworden. Ich möchte Ihnen zurufen: Es ist ein Schatz, der sich nun vor Ihnen öffnet, der Schatz von tausenden Erinnerungen. Ein für mich großartiger Trauerspruch lautet:

„Das, was einen Menschen unsterblich macht, sind die Taten und Geschichten, die es von ihm gibt. Daher halten wir in unserer Erinnerung einen unbezahlbaren Schatz.“

3. Grablegung – Hinabsenken der Urne:
„Staub zu Staub – Asche zu Asche.“ Hiermit übergeben wir nun die verstorbene Rosalia G- ihrer letzten Ruhestätte.

- Die Urne wird hinabgelassen ins Grab -

- Kurze Stille -

Lassen Sie uns gemeinsam zum Abschluß das VATER UNSER beten und uns in Stille von der Verstorbenen dann verabschieden:

Vater unser im Himmel,
geheiligt werde dein Name
Dein Reich komme,
Dein Wille geschehe,
wie im Himmel so auf Erden.
Unser tägliches Brot gib uns heute.
Und vergib uns unsere Schuld,
wie auch wir vergeben unseren Schuldigern.
Und führe uns nicht in Versuchung,
sondern erlöse uns von dem Bösen.
Denn dein ist das Reich und die Kraft
und die Herrlichkeit in Ewigkeit. AMEN

8. Lyrisches

8.1. Abgebrannt

Ohn Arbeitsplatz, ohne Geld durch nasse Nächte irrend,
durch Krankheit lahm, apathisch, dumpf und abgekämpft;

in Armut, Trauer, Leere angeschwemmt;
an den Strand der Menschen angespült und einsam schwimmend

durch abgestand'ne Brüh, so dick von Dreck durchstunken,
ertrinkend im Morast von zuviel Schwierigkeit,
des Lebens satt und voll von Ekelhaftigkeit
vor sich und endlich doch in sumpf'gem Meer ertrunken.

Dort steht der schmutz'ge Aussatz schwer durch Krankheit schwankend.
Von einer quälend' Lebensmüh' in andre wankend.
Nicht stehn – wie kann man jenen Zustand nennen ? - liegen.

Bald unter Mensch, das über ihn sich lustig macht.
Bald unter Mensch, das ihn mit Wohlwoll'n gar verlacht.
Sie alle wagen's, über ihn hinwegzufliegen !

8.2. Die Rose

Das trübe Glas vermag die Rose kaum zu halten.
Das stolze Leben geht; die Blütenblätter fallen nieder.
Das saft'ge Grün wird schwach; des Lebens Kraft – sie kommt nicht wieder.
Das Wasser stumpf durch tötend' Mächte, die dort walten.

Die Dornen an der Blume Stiel durch eis'ge Hitz' erkalten
zu scharfen, spitzen Waffen gegen grausam feindlich Krieger.
Zum Tod bereit, die Dolche einsam ohne Kampfesbrüder.
Kein Feind zu sehn, der Sinn macht, letzte Listen auszufalten.

Kein Hoffnung da, die Sinn macht, sich zu wehren – gegen wen ?
Die Rose blühte, hatt' ihr kurzes Leben – soll's geschehn.
Ihr Tod ist nah, sie stirbt und will's auch nicht in Trotz gewahr sein.

Ihr flehend Glaube kann nicht diesem Schicksal widerstehn.
Dies ist stärker als der Glaube – zwingt ihn auszugehn
wie eine einsam Kerze, die erlischt – und bleibt allein.

9. Vierte Trauerrede

Trauerfeier für Ruth W

1. Text zur Besinnung: Kohelet, 3, 1 - 8

31 Ein jegliches hat seine Zeit, und alles Vorhaben unter dem Himmel hat seine Stunde:

2 geboren werden hat seine Zeit, sterben hat seine Zeit; pflanzen hat seine Zeit, ausreißen, was gepflanzt ist, hat seine Zeit;

4 weinen hat seine Zeit, lachen hat seine Zeit; klagen hat seine Zeit, tanzen hat seine Zeit;

5 Steine wegwerfen hat seine Zeit, Steine sammeln hat seine Zeit; herzen hat seine Zeit, aufhören zu herzen hat seine Zeit;

6 suchen hat seine Zeit, verlieren hat seine Zeit; behalten hat seine Zeit, wegwerfen hat seine Zeit;

7 zerreißen hat seine Zeit, zunähen hat seine Zeit; schweigen hat seine Zeit, reden hat seine Zeit;

8 lieben hat seine Zeit, hassen hat seine Zeit; Streit hat seine Zeit, Friede hat seine Zeit.

2. Einleitung / Anrede:

Lieber Matthias, liebe Manuela, ich begrüße Sie beide recht herzlich und bedanke mich sehr, daß ich mit Ihnen das Vorbereitungsgespräch führen durfte. Vielen Dank auch an Sie, Herr B.. Es war ein sehr angenehmes Gespräch mit Ihnen und ich durfte doch manches Interessante erfahren aus dem Leben, das Frau Ruth W. mit Ihnen und sie alle mit ihr teilten. Ich begrüße auch sehr herzlich Ihren Bruder, Heiko W.. Auch begrüße ich sehr herzlich die Enkelkinder, die sich heute von ihrer tollen Oma, die sie hatten, verabschieden wollen: Laura, Tim, Mara, Ida und David.

3. Hauptteil der Rede:

a. Biographischer Teil:

Am 3. Dezember 1950 wurde sie geboren; am 17. Mai 2018 starb Frau Ruth W. mit 67 Jahren. Es hätten ruhig noch ein paar mehr Jahre werden können. Aber denken wir das nicht eigentlich immer, wenn ein lieber Mensch von uns gegangen ist ? Die Frage, wieviel Zeit wir mit einem uns lieben Menschen verbracht haben, ist (denke ich), gar nicht die erste wichtige Frage. Viel wichtiger ist, wie wertvoll war uns diese Zeit ? Und hier durfte ich doch manches erfahren, das mich aufhorchen ließ: Da ist sicher die Lungenkrankheit zu erwähnen, die rund 15 Jahre das Leben von Ruth W. prägten; aber da sind auch, wie Sie Herr B. sagten, die großartigen Kreuzfahrten zu erwähnen, die sie beide in ferne Welten geführt haben. Da gibt es, wie mir scheint, doch allerhand Gründe, stolz zu sein auf große Erinnerungen. Sicher: Vielleicht wäre ja auch noch ein Besuch am Nordkap möglich gewesen mit seinen herrlichen Nordlichtern. Vielleicht. Aber es müssen ja nicht immer alle Wünsche auch in Erfüllung gehen. Auch das Träumen selbst kann etwas sein, das unser Leben lebenswert macht. Dieses Leben ist immer eine Mischung von vielem, das wir teils beeinflussen können durch unseren eigenen Willen und steuern können – teils ist es aber eben auch nicht beeinflußbar. Aus diesem Grund habe ich an den Anfang unserer Trauerfeier diesen Text aus dem Alten Testament gestellt; mir persönlich ist dieser Text sehr sympathisch, weil er das Leben, wie es ist, unverschleiert beschreibt als etwas, das eben immer eine Mischung ist aus vielem, oft auch aus vielem, was gar nicht harmonisch zusammenpaßt. Auch der Tod von Hildegard S. (Ihrer Oma) „paßte" nicht. Und mit ihr hatte Ruth W. sehr viele Jahre ihres Lebens geteilt. Aber – passend oder unpassend – ging sie Ruth W. leider voraus in diesen Tod. Gleichzeitig hat sie aber auch ihr Leben bereichert, es wertvoll gemacht. Disharmonie und Harmonie liegen im Leben oft dicht beieinander. Und wir werden vom Schicksal leider nicht vorher gefragt, ob uns dieses oder jenes „paßt". Die Lungenkrankheit, die schließlich bei Ruth W. zum Tod geführt hat, ist als gegeben hinzunehmen. Der Tod ist nicht wegzudiskutieren. Er ist da. Aber was genauso da ist, ist die Erinnerung an eine tolle Oma, an eine Mutter, die immer da war, wenn man sie gebraucht hat. Es ist die Erinnerung da an eine Frau, die gerne den Tanz mochte; die mit dem Computer umzugehen verstand, die gerne strickte. Eine Frau, die ihr Leben zu genießen verstand, die aber auch den Verpflichtungen gegenüber ihrer Familie immer und zu jeder Zeit gerecht geworden ist. Familienfeste wie Taufe und Erstkommunion der Kinder hat sie miterlebt, hat aber auch natürlich ihre Pflichten bei der Arbeit bei den Stadtwerken gewissenhaft erfüllt.

b. Text zur Besinnung:

Lassen Sie mich folgenden kleinen Text vorlesen – und vielleicht stellen Sie sich dabei vor, daß Ruth W. diese Worte jetzt zu Ihnen sagt:

„Vor mir liegt ein unbekannter Weg, den ich nun wohl alleine geh.

Ich geh voraus. Wohin der Weg mich führt, ich weiß es nicht...
Der Weg ist fremd, das Ziel ist`s ebenso.
Doch Leid wird da nicht sein.
Kein Schmerz wird meinen Körper quälen.
Der Himmel strahlt stets über mir und unter mir wird stets die Erde sein,
wo ich auch bin und wie. Das ist gewiß."

c. Lied 1: „Einmal sehen wir uns wieder“ (Lena)

d. kleine Geschichte: „Perle“
Lassen Sie mich folgende kleine Geschichte Ihnen vortragen:
Eines Morgens stürzte von den Blättern eines Baumes ein besonders großer Tautropfen kopfüber ins Meer. Die vielen Wellen rissen ihn mit sich. Verzweifelt versuchte er, sich zu befreien. Jeden Augenblick glaubte er, sich auflösen zu müssen. Da hörte er eine Stimme: „Rasch – komm in mein Haus! Da bist du sicher!“
Blindlings folgte er dem rettenden Ruf – alsbald schlossen sich hinter ihm die Schalen einer Muschel. Zuerst atmete er dankbar auf. Aber langsam begriff er: „ich bin hier zwar sicher, aber nicht mehr frei. Vielleicht werde ich nie mehr im Licht der Sonne in allen Regenbogenfarben leuchten!“
Schließlich vertraute er seinen Kummer seiner freundlichen Wirtin an. Da sagte die weise Muschel zu ihm: „Wenn du dich trotzig wider das Schicksal sperrst, wirst du immer wieder ohnmächtig Schmerz empfinden. Wenn du es aber annimmst und geduldig bist, wird es dir leichter ums Herz sein.“ Und geheimnisvoll fügte sie hinzu: „Dann wirst du von innen her immer fester werden. Eines Tages wirst du tausendmal mehr sein, als du warst, ehe du vom Baum stürztest!“
Der Tautropfen seufzte. Aber er war bereit, diese Lehre zu befolgen, die er nicht ganz verstand. Er lebte von jetzt an still und ohne Klage, ganz in sich gekehrt in seinem Muschelhaus. Und richtig: Er fühlte erstaunt, dass etwas in ihm wuchs und wuchs und ihm viel Kraft gab. Erfreut dachte er: „Lebe wohl, was gestern war – das Heute kann nicht ewig dauern – vielleicht beginnt einmal mein großes Morgen !“
Eines Tages sah er von der spaltbreit geöffneten Muschel aus etwas wie eine große, weiße Blüte im Wasser treiben. Es war aber keine Blume, sondern die Hand einer Perlentaucherin, welche die Muschel mit vielen anderen vom Fels pflückte. Bald lagen sie ausgebreitet auf einem Tuch am Strand und die geübten Hände der Mädchen brachen eine nach der anderen vorsichtig auf. Plötzlich rief eine von ihnen entzückt: „Oh seht – ich habe eine vollkommen schöne Perle gefunden! Sie sieht aus wie ein Tautropfen und schimmert in allen Regenbogenfarben. Die ist sicher ein Vermögen wert.“
Alle blickten auf ihre Hand, wo die kostbare Perle wie auf einem Lotosblatt ruhte. Die Perle, die am Anfang nicht mehr gewesen war als ein vergänglicher Tropfen Wasser unter tausend anderen Wassertropfen.

e. Lied 2: Wo immer du jetzt bist (Michaela Alexandra)

4. Grablegung:
Wir kommen jetzt zu dem Augenblick, wo die Asche von Frau Ruth W. zu ihrer letzten Ruhestätte gebettet wird. Damit vollziehen wir, wie ich denke, nicht einen Abschied für immer. Vielmehr haben Sie alle mit diesem Grab eine Erinnerungsstelle für immer. Die Urne wird nun in das Grab hinabgesenkt.....
Und lassen Sie mich nun zum Abschluß das VATER UNSER beten. Wenn sie möchten, sprechen Sie einfach die Worte mit. Im Anschluß daran, sind Sie alle eingeladen, sich auf je eigene Weise mit je eigenen Gedanken am Grab von der Verstorbenen zu verabschieden.

Vater unser im Himmel,
geheiligt werde dein Name.
Dein Reich komme.
Dein Wille geschehe,
wie im Himmel, so auf Erden.
Unser tägliches Brot gib uns heute,
und vergib uns unsre Schuld,
wie auch wir vergeben unseren Schuldigern.
Und führe uns nicht in Versuchung,
sondern erlöse uns von dem Bösen.
Denn dein ist das Reich
und die Kraft
und die Herrlichkeit
in Ewigkeit.
Amen

(Die Trauergäste verabschieden sich einzeln am Grab)

10. Lyrisches

Ein Tropfen Wasser

Ein Tropfen Wasser an der Scheibe naß
erinnert mich an alles, was
ich erlebt habe mit Dir.
Doch bleibe ich allein mit mir.

Ich seh die Träne in meinem Auge.
Sie im Spiegel glänzt wie Seifenlauge.
Ja, meine Träne ätzt wie diese,
verschwommen ich Dich seh auf grüner Wiese.

Ein schwerer Regen badet mich auf jener Wiese.
Giftige Oase in öder Wüste ?
Ich seh Dich tanzen auf dem weichen Moos.
Ewig schlafen möchte ich in Deinem Schoß.

Was ich tat, ich tat es in der Zeit,
die in mir bohrte und es bleibt
kaum die Erinnerung, die schwüle.
Meine Seele sucht nach wohl'ger Kühle.

Und sie findet doch nichts als reine Leere.
Unendlich drückt die Last, die schwere.
Alle Vögel singen auf ihren Zweigen,
dagegen meine Träume zwingen mich zum Schweigen.

Blütenblätter fallen nieder.
Das kraftvolle Leben – es kommt nicht wieder.

Das Regen stumpf, kaum Leben spendend mehr.
Das Grün wird schwach. Die Luft wird schwer.

Und der Tropfen auf der Scheibe naß
erinnert mich an alles, was
ich niemals spüren werde.
Er, der Tropfen, ist das größte Unglück dieser Erde.

11. Fünfte Trauerrede

Trauerfeier für Heinz Dieter B.

1. Text zur Besinnung: Kohelet, 3, 1 - 8

1 Ein jegliches hat seine Zeit, und alles Vorhaben unter dem Himmel hat seine Stunde:

2 geboren werden hat seine Zeit, sterben hat seine Zeit; pflanzen hat seine Zeit, ausreißen, was gepflanzt ist, hat seine Zeit;

4 weinen hat seine Zeit, lachen hat seine Zeit; klagen hat seine Zeit, tanzen hat seine Zeit;

6 suchen hat seine Zeit, verlieren hat seine Zeit; behalten hat seine Zeit, wegwerfen hat seine Zeit;

7 zerreißen hat seine Zeit, zunähen hat seine Zeit; schweigen hat seine Zeit, reden hat seine Zeit;

8 lieben hat seine Zeit, hassen hat seine Zeit; Streit hat seine Zeit, Friede hat seine Zeit.

2. Einleitung / Anrede:

Sehr geehrte Frau Marlies Z., Liebe Frau Elke L., ich darf Sie beide als erste begrüßen und anssprechen, da Sie beide den Verstorbenen in seinen letzten Stunden sehr intensiv begleitet haben. Ich will aber auch begrüßen Sie, Herr Klaus L., ebenso Herrn Marcel L. in Begleitung seiner Lebensgefährtin Frau Tamara V.; ebenso begrüße ich Sie, Frau Daniela M.. Bei Ihnen allen bedanke ich mich sehr herzlich für das Vertrauen, das sie mir geschenkt haben, als wir das Vorbereitungsgespräch für diese Trauerfeier geführt haben bei Ihnen zuhause. Sie haben mich manches Spannende und Großartige erfahren lassen über Herrn Heinz Dieter B., den Sie mir mit äußerst liebenswerten Worten beschrieben wie „gentleman alter Schule“, „galant“, „elegant“, immer gut gekleidet, achtend auf ein gepflegtes Äußeres. Wenn Sie mir erlauben, würde ich ihn einen „Ästheten“ nennen; jemand, der sein Leben bewußt auf eine schöne Art gestaltet hat. Die Bilder, die Sie, Frau Z., mir über seinen Garten in seinem Haus in M. gezeigt haben, bewegen mich, ihn so zu nennen. Es hat beinahe etwas „Barockes“ an sich, dieses Haus. Ein Garten und ein Haus, in dem man sich wohlfühlen kann, das man genießen kann. Ein Schmuckstück würde ich nennen, was ich gesehen habe. „Opa war ein Held“ - dieser Satz hallt noch nach in meinem Ohr. Und schrittweise verstand ich immer mehr, was dieser Satz sagen sollte. Ich möchte Sie alle einladen, all diesen Aussagen gemeinsam ein wenig nachzuspüren und damit diesen großen Mann zu ehren, der leider am 8. Juni in seinem Haus verstarb. Am 23. März war er noch ins Krankenhaus gekommen; am 5. Mai konnte er wieder zuhause sein. Der Hirntumor hätte eigentlich besiegt sein sollen – aber war es doch nicht. Es hätten nach seinem Krankenhausaufenthalt ruhig noch ein paar weitere Jahre folgen können. Es waren dann leider nur noch ein paar Monate.

3. Hauptteil der Rede:

a. Biographischer Teil:

Am 10. Juli 1941 wurde er geboren in K.; am 8. Juni starb Herr Heinz Dieter B.. Und ja, man hätte den Ästheten Heinz Dieter B. gerne noch ein paar Jahre mehr um sich gehabt. Laut Ärzten wäre das möglich gewesen. Aber haben wir diesen Wunsch, es hätten ein paar Jahre mehr sein können, nicht eigentlich immer, wenn ein lieber Mensch von uns gegangen ist ? Die Frage, wieviel Zeit wir mit einem uns lieben Menschen verbracht haben, ist (denke ich), gar nicht die erste wichtige Frage. Viel wichtiger ist, wie wertvoll war uns diese Zeit ? Und hier durfte ich doch manches erfahren, das mich aufhorchen ließ und mich mit Hochachtung erfüllt hat: Ich erwähnte das Haus und den Garten; aber da ist auch eine Vorliebe, sich selbst immer gut zu kleiden; da ist die Vorliebe, ein schönes Auto zu fahren. Man könnte versucht sein, dies alles als Äußerlichkeit abzutun. Aber dahinter kommt zum Vorschein eine ganz besondere und ich darf persönlich sagen, eher seltene innere „Vornehmheit". Als Versicherungsfachmann ging es ihm niemals darum, den besseren Vertragsabschluß hinzubekommen auf Kosten eines unzufriedenen Kunden. Im Gegenteil: Hart gearbeitet hat Heinz Dieter B. ganz im Dienst von zufriedenen Kunden, zu denen er teilweise auch später noch einen guten Kontakt gepflegt hat. Liebenswert, kontaktfreudig, freundlich – dies sind einzelne Merkmale, die das Bild ausmachen werden, das man von ihm im Gedächtnis haben wird. Doch dieser Mann, der so viel Lebensfreude ausstrahlte, hatte auch seine melancholischen Momente. Ich darf hier nicht spekulieren, aber sicher war es ja auch nicht leicht, in eine „Nachkriegskindheit" hineinzuwachsen, eine entbehrungsreiche Zeit sicher nicht nur für Kinder. Mir fiel auf, daß Heinz Dieter B. zwar ein Mann mit glasklaren Grundsätzen war, man könnte ihn in einem positiven Sinn „konservativ" nennen, man könnte ihn „streng" nennen (etwa dann, wenn es um Klarheit in der Ausführung seiner beruflichen Tätigkeit als Versicherungsfachmann gegangen ist. Sie Frau L., hatten ihn ja 25 Jahre lang in dieser Tätigkeit unterstützt.) Aber man könnte hier besser sagen: Wenn man saubere Arbeit leisten will, braucht es auch Genauigkeit und Exaktheit. Strenge ist dann nur ein Zeichen dafür, dass jemand eben seine Arbeit so sauber wie nur möglich machen will. Auch Streit ist dann, wenn er denn da ist, nur dazu da, um Klarheit zu schaffen. Ende und Ziel einer jeden Auseinandersetzung ist immer die Harmonie. Der Garten, den ich auf den Bildern gesehen habe, ist für mich Ausdruck von Harmonie. Das Arbeiten in diesem Garten ist Suche nach Harmonie. Deshalb bleibe ich dabei, Heinz Dieter B. einen Ästheten zu nennen. Die Harmonie des Gartens ist Ausdruck einer inneren Einstellung, die Friede erreichen will und ein gutes Verhältnis zu allen Menschen. Ich erlaube mir die Behauptung, dass er in seinem Herzen ein Weltmann gewesen ist, der in Kenia, Kuba, Italien oder Spanien (Länder, die Sie teilweise gemeinsam bereist haben) genauso zuhause gewesen ist wie in N. oder A. .

b. Lied 1: „Amoi …" (Gaballier)

c. Geschichte: Das Erbe

Es war einmal ein König, der hatte drei Söhne. Als er alt war, vermachte er dem ersten die eine Hälfte des Königreiches und dem anderen die zweite. Den dritten Sohn hatte er übersehen und ihm keinen Erbteil zugedacht; darüber war dieser Sohn sehr traurig. Der König tröstete ihn und sagte: „Ich schenke dir einen Ankerplatz für deine Sehnsucht und deine Träume."

„Wo finde ich diesen Ort ?", fragte der Sohn den Vater.

„Morgen", erwiderte der König, „morgen werde ich ihn dir zeigen."

Am anderen Tag aber war der alte König gestorben.

Der dritte Königssohn machte sich auf, den Ort zu suchen, den ihm der Vater verheißen hatte. Er reiste in der ganzen Welt umher, fand ihn aber nicht. Schließlich, als er meinte, die ganze Welt zu kennen, den versprochenen Ankerplatz aber nicht gefunden hatte, gelangte er auf eine Insel. Kaum hatte er ihren Boden betreten, wusste er, dass er sich dort befand, wohin er sich in seinem Herzen gesehnt und wovon er in den dunklen Stunden der Nächte geträumt hatte. Er war da, wo die Erde und der Himmel, wo Regen und Wind, wo Sonne und Wolken noch zu den Menschen sprechen – wenn man zuhört und sich müht, sie zu verstehen. Dazu muss man ganz still sein. Manchmal muß man man dem Regen sein Gesicht hinhalten, damit er es wäscht, und dem Wind, damit er es

trocknet. Und dem Himmel muss man seine Augen schenken, damit er sich in ihnen spiegeln kann, und den Wolken die Trauer des Herzens, wenn die Stunde des Abschieds naht.
Es kann sein, dass dieses Land auch zu dir redet mit seinen Farben und seinem Licht, mit seinem Regenbogen und seinen Sonnenuntergängen, die nicht von dieser Welt sind. Und dieses Land wird vielleicht nicht eher Ruhe geben, bis auch du es annimmst als den dritten Erbteil des Königs, der seinem Sohn einen Ankerplatz für seine Sehnsucht und seine Träume versprochen hatte … Denn die Insel der Seele ist an himmlischen Schätzen so reich, wie sie reicher nicht sein kann.

d. Bemerkung zu dieser Geschichte:
Verehrte Trauergäste,
„Ankerplatz für Ihre Sehnsüchte und Träume“, das ist es, was ich Ihnen allen von Herzen wünsche. Und das meine ich ganz konkret: Wenn Sie in einem schönen Garten spazieren gehen, lassen Sie Ihre Gedanken hinwandern zu den großartigen Erinnerungen an einen großartigen Mann. Wenn Sie in ferne Länder reisen, genießen Sie die Sonnenuntergänge vielleicht am Meer. Wenn Sie in Ihrer jeweiligen beruflichen Tätigkeit einmal „schlechte Tage“ haben und „alles hinschmeißen“ wollen, denken Sie an Heinz Dieter B., der in Spanien eine schöne Zeit verbringen durfte, die ihm seine Firma aus Dankbarkeit für seinen Einsatz geschenkt hatte. Denken Sie an die Sonnenuntergänge und -aufgänge, die Heinz Dieter B. genießen durfte - und genießen Sie sozusagen mit ihm gemeinsam.Vielleicht mischt sich manches melancholische Gefühl in diese stille Romantik, aber verstehen Sie das dann nur als einen Beweis dafür, wie wertvoll für Sie dieser großartige Mann war und wie wertvoll die bleibende Erinnerung an ihn für Sie immer sein wird. Der Text, den ich an den Anfang der Trauerfeier gesetzt habe, gibt der Lebenserfahrung Ausdruck, daß unser aller Leben immer eine Mischung ist aus vielem: Manches davon „paßt“ uns; manches davon „paßt“ ganz und gar nicht. Zum Beispiel „paßt“ uns allen der Tod überhaupt nicht. Er tritt, wie vielleicht manches andere, „ungefragt“ in unser aller Leben.
Ich möchte Sie quasi dazu einladen: Bewahren Sie sich selbst mit all den Erinnerungen, die Sie jetzt haben, Ihren persönlichen Ankerplatz. Erhalten Sie sich mit diesem Ankerplatz Ihre Sehnsüchte und Träume. Halten Sie Ihre Träume am Leben sozusagen. Für mich ist zum Beispiel so ein Friedhof ein Ankerplatz. Da denke ich daran, wie ich mich von meinem Vater am Grab verabschiedet hatte und in Gedanken zu ihm sagte: „Ach, ich gönne Dir eigentlich, daß Du jetzt da bist, wo Du bist.“ Und so hoffe ich von Herzen, dass die Trauer, die Sie im Moment erfüllt, der Einsicht Platz machen möge: „Es war so großartig und es bringt mir so unendlich viel, diesen Heinz Dieter B., diesen tollen Opa, diesen tollen Vater, diesen tollen Freund gekannt zu haben...“
Verehrte Trauergäste,
lassen Sie uns nun noch einem weiteren Musikstück lauschen und lassen Sie uns im Anschluß daran, gemeinsam zu Grab gehen.

e. Lied 2: Lied zum Auszug (Mondscheinsonate Beethoven)

(die Träger und zwei der Angehörigen gehen zum Sarg und geleiten den Sarg zum Grab. Die Trauergäste folgen.)

3. Grablegung: (Wir alle haben uns am Grab versammelt)
Lassen Sie mich folgenden kleinen Text vorlesen – und vielleicht stellen Sie sich dabei vor, daß Heinz Dieter B. diese Worte jetzt zu Ihnen sagt:

„Vor mir liegt ein unbekannter Weg, den ich nun wohl alleine geh.
Ich geh voraus. Wohin der Weg mich führt, ich weiß es nicht...
Der Weg ist fremd, das Ziel ist`s ebenso.
Doch Leid wird da nicht sein.

Kein Schmerz wird meinen Körper quälen.
Der Himmel strahlt stets über mir und unter mir wird stets die Erde sein,
wo ich auch bin und wie. Das ist gewiß."

Wir kommen jetzt zu dem Augenblick der Feier, wo wir den Verstorbenen zu seiner letzten Ruhe betten. Vielleicht wird diese Ruhestätte, vielleicht wird aber auch jeder schöne Garten, jeder schöne Sonnenuntergang zu einem Ankerplatz, an dem Sie sich gerne niederlassen und Ihre Gedanken zu Heinz Dieter B. wandern lassen. Dass Sie alle solche Ankerplätze finden immer wieder und immer wieder, das wünsche ich Ihnen von Herzen.

(Absenken des Sarges durch die Träger)

Und lassen Sie mich nun zum Abschluss das VATER UNSER beten. Wenn sie möchten, sprechen Sie einfach die Worte mit. Im Anschluss daran, sind Sie alle eingeladen, sich auf je eigene Weise mit je eigenen Gedanken am Grab von dem Verstorbenen zu verabschieden.

Vater unser im Himmel,
geheiligt werde dein Name.
Dein Reich komme.
Dein Wille geschehe,
wie im Himmel, so auf Erden.
Unser tägliches Brot gib uns heute,
und vergib uns unsre Schuld,
wie auch wir vergeben unseren Schuldigern.
Und führe uns nicht in Versuchung,
sondern erlöse uns von dem Bösen.
Denn dein ist das Reich
und die Kraft
und die Herrlichkeit
in Ewigkeit.
Amen

(Die Trauergäste verabschieden sich einzeln am Grab)

12. Lyrisches

Bedrohlich

Der Stier bedrohlich seine Hörner zeigt.
Die Lerche auf dem Ast beharrlich schweigt.
Es schweigt aus Angst der Vogel bang.
Er möchte fliehen, doch er nicht kann.

Des Stieres Augen schauen gierig
auf alles, was sich regt und schwierig
wird es für den Vogel zu entkommen.
Sind ihm alle Wege doch genommen.

Er kann nicht fliegen, weil seine Flügel sind gebrochen.
Eine Schlange, die aus ihrem Loch gekrochen,

und sich geschwungen auf den Ast,
nahm ihm jede Kraft mit Hast.

Nun wartet er auf seinen Tod.
Dem Stier gefällt des Vogels Not.
Es ist nicht nur der Hunger, der ihn bewegt,
Es ist auch die Begierde, die in ihm bebt.

Ob er den Vogel fressen will oder auch nicht,
auf einen blut'gen Spaß er nie verzicht'.
So will er fressen um des Fressens willen.
Keine Beute kann seinen Blutdurst stillen.

Und der Vogel auf dem Aste zart,
verliert sein Gleichgewicht und landet hart
auf dem Boden nah des Stieres Rachen
und vergißt nicht, seine Augen schön zuzumachen.

Denn das Maul, es öffnet sich zum Todesbiß.
Des Vogels Leben diesen bald danach verließ.
Ja, des Vogels Tod sich balde nahte.
Niemand da, der nach diesem toten Vogel fragte.

Er starb allein; ganz einsam und verlassen.
Die Erinnerung an ihn, sie wird verblassen.
Man wird ihn nie wieder sehen.
Des Vogels Seele, sie wird still verwehen.

Und wolltest du noch einmal diesen toten Vogel ehren;
niemand, auch kein Stier kanns dir verwehren.
Jedoch – und da fragt ein jeder nach dem Sinn -
des Vogels Leben ist für immer hin.

13. Sechste Trauerrede

Trauerfeier für Horst K.

I. Begrüßung / Einleitung:

1. Sehr geehrte Frau Helga K., Sehr geehrte Frau Sandra H.,
Ich begrüße Sie beide sehr herzlich als Witwe bzw. als Tochter des verstorbenen Herrn Horst K.; ebenso darf ich begrüßen Herrn Sven K. bzw. Herrn Andreas H. als Sohn bzw. Schwiegersohn des Verstorbenen, zu dessen Ehren wir uns heute versammelt haben. Außerdem darf ich begrüßen alle Verwandten und Freunde der Familie.

2. Am 4. Januar verstarb Horst K.. März 2016 wurde ein Krebsleiden diagnostiziert. Es folgten verschiedene medizinische Behandlungen, die Horst K. auch zunächst gut vertragen hatte. Ich möchte Sie zu Anfang gern alle einladen, sich folgendes Gedicht von Rainer Maria Rilke anzuhören, auf das ich Sie aufmerksam machen möchte:

Die Blätter fallen, fallen wie von weit,

als welkten in den Himmeln ferne Gärten;
sie fallen mit verneinender Gebärde.

Und in den Nächten fällt die schwere Erde
aus allen Sternen in die Einsamkeit.

Wir alle fallen. Diese Hand da fällt.
Und sieh dir andre an: es ist in allen.

Und doch ist Einer, welcher dieses Fallen
unendlich sanft in seinen Händen hält.

- Ich gebe zu: Es ist ein eher melancholisches Gedicht. Aber es endet auch mit einer großen Hoffnung. Rilke sitzt in einem Park und da fällt ihm dieses Herbstgedicht ein. Er sieht Blätter fallen aus der Höhe von den Bäumen und träumt von fernen Gärten, in denen diese Blätter ihren Ursprung haben. Die Blätter welken; ihr Leben ist zu Ende gegangen. Das Fallen selbst wird für Rilke zum Bild des Lebens schlechthin. „Wir alle fallen … es ist in allen". Das Leben, wie es ist, ist zerbrechlich und wird immer ein Ende haben, eine Grenze, die wir zu akzeptieren, einfach hinzunehmen haben. Spannend ist an diesem Gedicht die plötzliche und überraschende Wendung in eine unerwartete Hoffnung. Rilke war gewiß nicht das, was man einen frommen Menschen nennen könnte. Dennoch scheut er sich nicht zu den letzten beiden Zeilen: Und doch ist Einer, welches dieses Fallen unendlich sanft in seinen Händen hält. In dem Gespräch, das ich mit Ihnen, Frau K. und Frau H., führen durfte, fiel mir dieses Gedicht ein, weil ich glaube, das dieses Gedicht einfach gut paßt zu einem Gartenliebhaber, wie es Horst K. wohl gewesen ist. Eine leichte Melancholie UND eine gleichzeitige lebensbejahende Hoffnung – das sind meiner Meinung nach zwei Hauptlinien in der Lebensgeschichte von Horst K.. Lassen Sie uns doch eine kleine Reise durch das Leben von Horst K. machen und uns einige wichtige Stationen in diesem Leben näher anschauen.

II. Biographische Würdigung:

1. Horst K. wurde geboren am 5. Dezember 1946 als eines von vier Geschwistern. Die Erfahrung des II. Weltkrieges blieb ihm damit erspart. Sicher wuchs er in die Nachkriegszeit, einer Zeit des Neuaufbaus hinein. Es war nicht die Zeit eines großen Reichtums. Aber, wie Sie mir sagten, verlebte er im Grunde eine zufriedene Kindheit und Jugend. Etwa im Jahre1961 begann er eine Lehre als Schlosser und war dann für einige Jahre freiwillig bei der Bundeswehr beschäftigt. Er arbeitete dort jedoch nicht direkt in seinem erlernten Beruf sondern hatte die Waffenkammer unter seiner Kontrolle.

2. Ab 1970 arbeitete er dann bei Firma B. (einer Zahnradfabrik) und es entwickelte sich ab diesem Zeitpunkt eine absolut gradlinige Berufsbiographie, was durchaus nicht selbstverständlich ist. Viele Menschen machen die Erfahrung zum Beispiel einer längeren Arbeitslosigkeit. Manchen passiert das sogar häufiger im Leben. Die ökonomische Grundlage einer Familie steht dann auf dem Spiel. Die bloße Existenzsicherung ist dann gefährdet. Horst K. sorgte aber für ein stabiles und sicheres Zuhause für seine Familie. 2008 ging er dann in den wohlverdienten Ruhestand – gemeinsam mit seiner Frau, mit Ihnen, Frau K.. Stabile Sicherheit, gutes und behütetes Zuhause – das konnten Sie beide Ihren Kindern bieten. Aber Sie beide haben nicht nur für ein Zuhause gesorgt nach dem eher „trockenen" Grundsatz „Hauptsache sauber, satt, versorgt". Im Gespräch, das ich mit Ihnen führen durfte (und daß Sie mir hier ihr Vertrauen dazu schenkten, dafür möchte ich mich bei Ihnen ausdrücklich bedanken !!!), erzählten Sie mir einiges, was nur in einer harmonischen Familienatmosphäre möglich sein kann:

a. Die Erlebnisse im Schrebergarten, den Sie ab 1981 gepachtet hatten, sind ein Beispiel dafür. Nicht nur an Wochenenden, sondern auch innerhalb der Woche war dieser Garten ein Ort, an dem

„Familie“ gelebt wurde. Insbesondere in der Zeit nach Bekanntwerden der Krebsdiagnose schien Horst K. sich ja etwas zu erholen und da hielt er sich sehr gerne in diesem Garten auf.
b. Für eine nahezu fast unverschämte Frage, die ich an Sie, Frau K. richtete, muss ich mich im Nachhinein eigentlich entschuldigen. Ich fragte, wie Sie beide sich denn innerhalb der Zeit des Ruhestandes ab 2008 verstanden hätten. Manchmal kommt es ja vor, dass man ja sich womöglich mehr „auf die Nerven geht“. Nein, sie verlebten im Gegenteil eine großartige Zeit, wie ich hören durfte. Und ich kann eigentlich Ihnen nur gratulieren, solche großartigen Ehejahre mit Ihrem Mann verlebt zu haben. 1965 hatten Sie sich kennengelernt; bereits 1968 dann geheiratet. Natürlich gibt es wohl in jeder Familie diese „ups and downs“. Ein besonderer Höhepunkt war aber z.B. eine Mittelmeerkreuzfahrt, bei der Sie unter anderem einige Stätten in Israel besuchten, besonders Jerusalem selbst. Sie hatten miteinander vereinbart, dass sie den Ruhestand gemeinsam beginnen wollten und mit 2008 hat da also eine ganz große Zeit begonnen. Man heiratet ja nicht irgendwann mal eben so und dann plätschert das Leben mehr oder weniger belanglos dahin. Nein. Sie haben ihr Leben auf positive und für mich hervorragende Weise kreativ gestaltet. Ja, große Reisepläne gab es ja noch: Für 2016 wäre eigentlich eine Kreuzfahrt nach Norwegen geplant gewesen bis zum Nordkap. Sie war sogar schon gebucht. Manche andere Reisepläne wären auch noch möglich gewesen: Madeira, St. Petersburg – von all dem erzählten Sie. 2018 wäre dann die goldene Hochzeit gewesen. Ein geselliger und unternehmungsfreudiger Mensch war Horst K. offenbar und er hatte – wenn ich so sagen darf – die passende Frau an seiner Seite. Nochmals meine Gratulation zu diesen großartigen Ehejahren.
c. Nicht unerwähnt soll auch bleiben, was Sie mir, Frau H., über ihren Vater sagten: „Papa, hilf mir mal !“ ist ein Zitat von Ihnen, das ich hier nennen möchte; diese Bitte blieb nie ungehört und die Hilfe kam. Natürlich gab es bei Papa auch Grenzen – und dann konnte nicht nur im übertragenden Sinn auch mal eine „kalte Dusche“ drin sein. Weiter beschreiben möchte ich dieses kleine aber amüsante Detail hier nicht. Ihr Vater war ein verantwortungsvoll handelnder aber auch humorvoller Mensch. Ich möchte hier gesagt haben: Beneidenswert, so einen Papa gehabt zu haben. Und entscheidend ist: Papa war da, wenn Sie Papa brauchten. Darauf sollten Sie stolz sein.
d. Insgesamt durfte ich hören, wie Sie beide von einem harmonischen Ehe- und Familienleben erzählten. Daß das so möglich wurde, könnte vielleicht mit einer allgemeinen Neigung zu Harmonie zusammenhängen. Horst K. besuchte z.B. Operetten und Konzerte; er liebte harmonische Musik. Sah sich gerne etwa das Neujahrskonzert im Fernsehen immer wieder an. Ich möchte Sie alle einladen, sich nochmal in so eine Neujahrskonzertstimmung zu versetzen und lassen Sie uns eine Musik hören, wie sie Horst K. sicher gefallen hätte. Hören wir jetzt den

Nabucco Gefangenenchor
(Organist spielt die Melodie)

III. Hinwendung zum Tod:

Sicher können wir nicht leugnen: nachdem einmal die Diagnose Krebs feststand, setzte eine Zeit ein mit den quälenden Fragen: Was könnte man jetzt noch tun ? Und es setzte sich die bittere Einsicht durch: Da ist nicht mehr viel zu tun ! Der Krebs hatte bereits gestreut. Aber betrachten wir den Abschied von Horst K. als einen Abschied in etwas absolut Neues und ebenso Großartiges. Behalten Sie die Erinnerungen und beginnen Sie mit diesen Erinnerungen einen für Sie alle neuen Lebensabschnitt, in dem Sie das Wertvolle, das Sie kennenlernen durften, hüten und behüten. Vielleicht stellen Sie sich einmal einfach vor für einen Moment, daß folgender Text jetzt von Horst K. gesprochen wird:

„Vor mir liegt ein unbekannter Weg, den ich nun wohl alleine geh.
Ich geh voraus. Wohin der Weg mich führt, ich weiß es nicht...
Der Weg ist fremd, das Ziel ist`s ebenso.

Doch Leid wird da nicht sein.
Kein Schmerz wird meinen Körper quälen.
Der Himmel strahlt stets über mir und unter mir wird stets die Erde sein,
wo ich auch bin und wie. Das ist gewiß."

Während jetzt noch ein weiteres Musikstück folgt, bitte ich Sie, sich von Ihren Plätzen zu erheben. Es wird dann der Sarg hinausgetragen. Die nächsten Angehörigen folgen zuerst und wir schließen uns dann an. Wir versammeln uns dann in Andacht und Ehrfurcht vor Horst K. draußen am Sarg. An dieser Stelle darf ich im Namen der Angehörigen Sie alle im Anschluß an die Trauerfeier einladen zu einem gemeinsamen Treffen im Sportheim.

Musikstück: Largo von Händel
(während der Musik kommen die Träger herein und tragen den Sarg nach draußen zum Bestatterkraftwagen und verbringen den Sarg in den Wagen. Wir alle versammeln uns um den Bestatterkraftwagen und verharren zunächst in Stille; die Träger verbeugen sich vor dem Verstorbenen)

IV. Verabschiedung vom Verstorbenen:
Wir sind jetzt an der Stelle der Trauerfeier, wo wir uns von Horst K. verabschieden. Als ich mich bei der Beerdigung meines Vaters am Grab von ihm verabschiedete, sagte ich ihm einfach nur: „Mach's gut. Ich gönn' Dir, daß du jetzt da bist, wo du bist !" Ich möchte Sie nun einladen, daß Sie vielleicht etwas ähnliches zu Horst K. in Gedanken sagen. Gönnen wir ihm die letzte Ruhe, die er jetzt hat und lassen Sie uns gemeinsam das VATER UNSER beten:

Vater unser im Himmel,
geheiligt werde dein Name
Dein Reich komme,
Dein Wille geschehe,
wie im Himmel so auf Erden.
Unser tägliches Brot gib uns heute.
Und vergib uns unsere Schuld,
wie auch wir vergeben unseren Schuldigern.
Und führe uns nicht in Versuchung,
sondern erlöse uns von dem Bösen.
Denn dein ist das Reich und die Kraft
und die Herrlichkeit in Ewigkeit. AMEN

Damit endet die Beerdigung

(Die Heckklappe des Bestatterkraftwagens schließt sich und der Wagen fährt davon. Im Anschluß daran verabschieden wir uns. Die Grablegung selbst wird zu einem späteren Zeitpunkt stattfinden im engsten Familienkreis.)

14. Lyrisches

Zahnradleben

Ein Zahnrad dreht das andre.
Ein Zahnrad sagt dem andren: Wandre.
Ein Zahnrad sagt: Bleib niemals stehn,

du musst dich immer weiter drehn.

Das Zahnrad dreht sich um sich allein.
Es möchte gar nicht sein zu zwein.
Es sieht nur seine eigne Mitte.
Und ruft verzweifelt seinen Nachbarn: Bitte

ich brauche deine Hilfe schnell,
so das andre Zahnrad blinzelt: Gell
jetzt brauchst du mich gar sehr.
Aber gerade jetzt mag ich dich gar nicht mehr.

Die Zähne außen beißen scharf
in die Zähne seines Nachbarn und dieser darf
dem Schmerz niemals entziehen sich.
Jeder Zahn ist wie ein tödlich Stich.

Und wollte eines dieser Rädchen fliehn,
das gesamte Uhrwerk kommt zum Stehn.
Und alle schaun auf dieses eine Rad,
das g'rad sein Leben verloren hat.

Denn es liegt da und kann sich nicht bewegen.
Es soll verhungern, soll in die Hölle fliegen.
Es soll versinken in tiefste Scham.
Es soll vergehen in seinem Gram.

Bin ich so ein Zahnrad, das verloren ?
Soll ich in der Hölle ewig schmoren ?
Wollte doch nur bei dir sein.
Doch bleibe ich allein, ja ganz allein.

15. Siebte Trauerrede

Trauerfeier für Hannelore E.

I.Einstimmung:

Bevor die Trauerfeier beginnt, spielt in der Friedhofskapelle eine besinnliche Musik, die die Trauergäste einlädt, sich auf die Feier vorzubereiten.

II.Eröffnung der Trauerfeier für Hannelore E.

Sehr geehrter Herr E., Liebe Frau Claudia E., und liebe Frau Angelika E. !
Ich bedanke mich sehr für das Vertrauen, das Sie mir schenkten, als ich mich bei Ihnen zur Vorbereitung dieser Trauerfeier für ein längeres Gespräch aufhalten durfte. Es ist eine besondere Ehre für mich, daß ich mit Ihnen gemeinsam diese Trauerfeier für Ihre verstorbene Ehefrau, bzw. Ihre verstorbene Mutter, begehen darf. Sie haben mir erlaubt, an den Anfang ein Gedicht von Rainer

Maria Rilke zu setzen. Es lautet:

„Die Blätter fallen, fallen wie von weit,
als welkten in den Himmeln ferne Gärten,
sie fallen mit verneinender Gebärde.
Und in den Nächten fällt die schwere Erde
aus allen Sternen in die Einsamkeit.
Wir alle fallen. Diese Hand da fällt.
Und sieh dir andre an: es ist in allen.
Und doch ist Einer, welcher dieses Fallen
unendlich sanft in seinen Händen hält."

Das Gedicht beschreibt auf lyrische Weise sehr einfühlsam die jetzige Situation, in der wir alle auf je eigene Weise stehen. Wir haben Herbst und tatsächlich fallen draußen die Blätter. Nach Rilke stammen sie aus fernen Gärten, von Orten, aus denen, wenn man so will, das Leben selbst stammt. Gärten sind nicht einfach Gärten. Es sind Oasen, die Leben spenden, aus denen das Leben kommt. Das Leben kommt nicht von uns selbst. Eine leise Melancholie hallt wie ein Echo durch jede Zeile. Rilke sagt:

Wir alle fallen.

Ja, uns alle erreicht einmal der „Herbst des Lebens". Aber Rilke bleibt nicht stehen in der Traurigkeit und Melancholie sondern endet mit dem zuversichtlichen Schluß:

Und doch ist Einer, welcher dieses Fallen unendlich sanft in seinen Händen hält.

III.Biographische Würdigung von Hannelore E.

Hannelore E. wurde geboren am 28. August 1934. Der Krieg hatte gerade begonnen. Aber die Kriegserfahrungen haben nicht ihr ganzes Leben bestimmt; etwa in dem Sinn, dass sie in einer ständigen Verbitterung um verlorene Lebensjahre gelebt hätte. Und sie hätte Grund zur Verbitterung gehabt. Sie wuchs in einem strengen Waisenhaus auf, dessen harte und oft ungerechte Erziehungsmaßnahmen ihren durch und durch gutmütigen Charakter niemals brechen konnte. Auch die in frühester Kindheit erfahrene Gelenkerkrankung, die zum Glück geheilt werden konnte, konnte nicht verhindern, dass aus Hannelore E. eine lebensfrohe und lebensbejahende Natur wurde. Das Leben war nun mal (und dies gilt vielleicht mehr oder weniger für jeden von uns) ein Auf und Ab, ein Mix aus Positivem und Negativem, aus guten Zeiten und schlechten Zeiten. Besonders hervorheben möchte ich aber (weil Sie, verehrter Herr E., dies mit fast „verliebten" Augen sagten), eine bestimmte Silvesterparty, in der Sie, Herr E., mit ihrer späteren Ehefrau in das neue Jahr 1969 tanzten. Und Sie tanzten mit dieser Hannelore. Am 7. August 1970 heirateten Sie. Ich habe vergessen, mir zu notieren, wer von Ihnen beiden sich als erstes sicher war: Das ist der oder die Richtige für den Rest meines Lebens. Wenn ich recht verstanden habe, haben Sie sich gegenseitig das größte Glück geschenkt damals. Und so können Sie mit Stolz und Dankbarkeit auf eine 44-jährige Ehe zurückblicken. Nicht alles war rosarot. Es gab sozusagen viele „herbstliche" Momente. Ich denke, daß die Melancholie, die Rilke beschreibt, Ihnen kaum fremd sein wird. Dass das Leben durchaus auch mit Kampf verbunden sein kann, nämlich dem Kampf darum, wie man eine bloße Existenzsicherung überhaupt hinbekommt, das muss man einer Kriegs- oder Nachkriegsgeneration nicht lange erklären. Sie sprachen selbst von Ihrer eigenen Lehrzeit und den folgenden insgesamt 49 Berufsjahren als Orthopädietechniker. Es waren Jahre voller Auseinandersetzungen darum, eine Familie „gut durchzubringen". Sie und Ihre Frau waren aber (und das sage ich mit größter

Anerkennung) ein „echtes Team". Hannelore E. hat sich mit Ihnen gemeinsam „ins Zeug gelegt". Gleichzeitig haben Sie beide aber trotz aller Arbeit nie das Schöne im Leben einfach außer Acht gelassen. Sie sprachen von großartigen Urlaubsaufenthalten in Gran Canaria, Lanzarote, Ibiza, Piniscola, Rimini, Mallorca... . Sie und Ihre Frau haben für ein großartiges Familienleben gesorgt. Auch als Gesprächspartner für Probleme aller Art waren Sie beide stets für Ihre Kinder da. Wenn ich recht verstanden habe, hatte Ihre Frau jedoch in erzieherischen Angelegenheiten eher die Regie in der Hand. Und es ist gut, mit jemandem durch das Leben zu gehen, auf den man sich blind und hundertprozentig verlassen kann. Hannelore E. war eine großartige Mutter, die für alles und jedes immer ein offenes Ohr hatte. Man konnte zu ihr hingehen und ihr alles sagen, zur ihr absolutes Vertrauen haben. Dies war auch in der Beziehung zu ihren Enkeln, Andreas und Stefan, der Fall. Ich beglückwünsche Sie, Herr E., eine solche Ehefrau gehabt zu haben; ich beglückwünsche auch die, die sie als Mutter oder Oma oder einfach als Freundin gehabt haben. Natürlich ist im Moment die Trauer vorherrschend, der Schmerz um den Verlust eines lieben Menschen. Lassen Sie mich aber zwei wichtige Dinge zum Abschluß sagen:

1. Betrachten Sie die Vergangenheit mit Hannelore E. nicht als etwas, das einfach „vorbei" ist. Betrachten Sie diese Vergangenheit als einen Schatz, der Ihr aller Leben für immer und für alle Zukunft bereichert hat. Diesen Schatz kann Ihnen allen niemand mehr nehmen.
2. Denken Sie bitte bei allem, was Ihnen vielleicht als „herbstliche" Momente in ihrem gemeinsamen Leben auffällt, daran: Es gibt diesen Einen, der Sie alle und auch Hannelore E. trägt auch und gerade jetzt in dieser sehr schweren Stunde. Daher bitte ich Sie von Herzen: Lassen Sie sich diesen kostbaren Schatz der Vergangenheit niemals nehmen.

Musikstück: AIR von Bach

Wenn das Musikstück zu Ende ist, wird von einem Angehörigen folgendes Gedicht vorgetragen:

„Vor mir liegt ein unbekannter Weg, den ich nun wohl alleine geh.
Ich geh voraus. Wohin der Weg mich führt, ich weiß es nicht...
Der Weg ist fremd, das Ziel ist`s ebenso.
Doch Leid wird da nicht sein.
Kein Schmerz wird meinen Körper quälen.
Der Himmel strahlt stets über mir
und unter mir wird stets die Erde sein,
wo ich auch bin und wie.
Das ist gewiß."

Bevor wir nun mit der Urne zum Grab gehen, wollen wir uns noch einmal besinnen auf all unsere guten Erinnerungen, die wir mit der Verstorbenen haben. Dabei wird eine Melodie von Bata Illic zu hören sein,die für Sie, verehrter Herr E., und Ihre Frau eine besondere Bedeutung hatte:

Schlager von Bata Illic (Micaela), CD von den Angehörigen

(Danach ziehe ich die weißen Handschuhe an und gehe zur Urne. Ich verbeuge mich vor ihr, nehme sie und gebe sie einem Angehörigen in die Hände oder trage sie selbst zum Grab. Ein Mitarbeiter des Friedhofs geht voran und wir folgen ihm in Stille und Andacht zur Stelle, wo das Grab ist.)

IV. Am Grab

a. Wir wollen nun die Urne in das Grab herablassen und dabei das VATER UNSER beten. Ich lade alle ein, sich auf je eigene Weise vor dem Grab zu verabschieden, z.B. indem man eine kleine

Blume ins Grab herabläßt oder einen kleinen Brief mit den Worten, die man der Verstorbenen noch gerne mitgeben möchte. Zuerst wollen wir gemeinsam das VATER UNSER beten:

Vater unser im Himmel,
geheiligt werde dein Name
Dein Reich komme,
Dein Wille geschehe,
wie im Himmel so auf Erden.
Unser tägliches Brot gib uns heute.
Und vergib uns unsere Schuld,
wie auch wir vergeben unseren Schuldigern.
Und führe uns nicht in Versuchung,
sondern erlöse uns von dem Bösen.
Denn dein ist das Reich und die Kraft
und die Herrlichkeit in Ewigkeit. AMEN

Damit endet die Beerdigung.

16. Lyrisches

Angst vor freier Rede

Zuerst wusst' ich nicht, was ich wohl tun sollte,
hatte keine Ahnung, was man von mir wollte.
Das Freie Reden will ich hier probieren;
und bitte euch, mich anzuhören.

Ja, ich bitte euch um euer Ohr
und, wenn es geht, auch um Humor.
Denn seit kurzem bin ich Fan
von etwas – man nennt es poetry slam.

Ein Gedicht zur Freien Rede wollt' ich also schreiben.
Lange fiel mir gar nichts ein und ich dacht: Ach, laß es bleiben.
Gedanken flogen hin und her.
Und ich dachte schon: Das wird nichts mehr.

Denn was ist an einer freien Rede frei,
wenn kein bißchen Spaß dabei ?
Da muß man grübeln ziemlich lang.
Das ist gewiß kein Spiel; das ist gar Zwang.

Und ich überlegte, was man von mir will.
Wenn ich zuviel rede, heißt es: „Junge, komm zum Ziel."
Und rede ich zu kurz, dann ist es auch nicht gut.
Doch schließlich überkam mich große Wut.

Denn es brüllt' mich an das weiße Blatt Papier:
„Streng dich gefälligst an, das rat' ich dir.
Du sollst überlegen und dich vorbereiten.

Sonst hast du mit dem Reden Schwierigkeiten.

Doch du tust rein gar nichts, was mich erfüllt.
Genügend von meiner Sorte liegen schon zerknüllt
und leer wie ich im Müll.
Ich weiß nicht wie ich dir helfen soll.

So hab Ideen, sei nicht so lahm.
Denk daran, wie ich zur Welt kam:

Da kam ein Samen in die Erde
und eine geheime Kraft sprach: Werde !
Und schließlich ward ein Baum geworden.
Und aus diesem Holz, da wurde ich geboren."

Ei, dachte ich, bin ich jetzt klug.
Jetzt weiß ich von Papierproduktion genug.
Aber kann ich deshalb Auskunft geben,
wie das so ist mit dem Freien Reden ?

Könnt ja auch noch andre fragen
und drauf hören, was die mir sagen
und viele Bücher lesen noch dazu
und fertig wäre mein Gedicht im Nu.

Aber das ist alles Illusion
und ich höre alle klagen schon.
„Du hast ein weißes Blatt Papier nur ? Wie kannst du's wagen ?!
Für deine schlechte Rede mußt du jetzt die Verantwortung tragen !"

Und so reifte in mir der Entschluß,
daß ich irgendetwas schreiben muß:

nämlich:

Eine Freie Rede ist nicht frei,
denn die Gedanken,die man aufschreibt, sind nie einerlei.
Und das soll es dann gewesen sein,
denn leider fiel mir einfach mehr nicht ein.

So ist dies zur Freien Rede mein Gedicht.
Ich hoffe: Manchmal macht es Sinn; man verzeih mir bitte sehr, wenn nicht.
Auf ein gutes Wort von denen, die mich hör'n – da will ich hoffen.
Ansonsten sind für mich leider alle Fragen offen.

Und das waren sie,die Gedanken, die mir kamen.
Und laßt also enden mit dem Wörtchen: Amen.

17. Achte Trauerrede

Trauerfeier für Gerlinde A.
(auf einem Ruheforst)

TEIL A: EINLEITUNG

Es läuft in der Andachtsstätte im Ruheforst eine Musik auf meinem CD-Player (Meeresrauschen mit Musik, Verlag Thomas Rettenmaier, Best.-Nr.: 149121). Die Musik läßt eine Atmosphäre der Ruhe und Konzentration auf die Feier entstehen. Ich lasse die Musik kurz vor Beginn der Feier langsam leiser werden, bis sie schließlich ganz verstummt. Ich sitze auf einem der Plätze, neben mir mein CD-Player. Nachdem die Musik leiser wurde und dann ganz verstummt ist, beginne ich die Feier, indem ich mich in die Mitte des Platzes stelle, vor mir die geöffnete Mappe mit dem gesamten Ablauf der Feier.

I.Begrüßung:

Ich darf alle anwesenden Trauergäste sehr herzlich begrüßen. Mein Name ist Michael Schilling und ich durfte zusammen mit dem Ehemann der Verstorbenen Gerlinde A., ebenso den beiden Töchtern der Verstorbenen wie auch mit der Enkeltochter das Vorbereitungsgespräch zu dieser Trauerfeier führen. Ich begrüße sie alle (auch alle, die ich jetzt nicht direkt erwähnt habe) sehr herzlich. Ich bedanke mich auch sehr herzlich für das Vertrauen, das Sie mir entgegengebracht haben.
Es ist sehr schön, dass auch einige Ihrer Kinder hier anwesend sind. Auch sie möchte ich herzlich begrüßen – wie ebenso alle Verwandten und Freunde der Familie, die sich Zeit genommen haben dafür, dass wir heute Abschied nehmen von der Verstorbenen. Trauer erfüllt uns alle und diese Trauer führt uns heute zusammen. Aber was ist das: TRAUER ? . Der Trauerpsychologe Jorgos Canacakis sagt dazu in seinem Buch „Ich sehe deine Tränen“ (S.29):

„Sie ist ein gemischtes Gefühl... . Sie ist uns gegeben, um Schmerzen des Verlustes zu bewältigen. Wenn wir ihr nicht Hindernisse in den Weg stellen, kann sie von selbst fließen und nach außen gelangen. Wenn sie in uns bleibt, kann sie zerstörerisch wirken... . Den Umgang mit ihr lernt man, indem man mit der Hilfe und Unterstützung Gleichgesinnter den Entschluss fasst, sie zu durchleben und nicht zu verstecken.“

Lassen Sie uns dem ersten sehr ergreifenden Musikstück lauschen, das uns gemeinsam diese Unterstützung und Hilfe geben möge. Es ist ein großartiges Lied von Xavier Naidoo mit dem Titel „Abschied nehmen“

TEIL B: TRAUERREDE

I. Allgemeine Einleitung:

„Sind wir, ist nicht der Tod. Ist der Tod, sind wir nicht“, sagt der griechische Philosoph Epikur (341-270 v.Chr.). Wir können die Grenze zwischen Leben und Tod nicht einfach mal kurz überspringen und schauen, was denn nach dem Tod kommt. Ist es wirklich einfach nichts, was da kommt ? Unsere Vorstellungskraft versagt vor dieser Frage. In großartigen Gleichnissen meditiert der chinesische Gelehrte Laotse in seinem „Buch der Weisheit“ (dem Tao Te King) über das, was wir „Nichts“ nennen:

Dreißig Speichen treffen sich in einer Nabe.
Auf dem Nichts daran (dem leeren Raum) beruht des Wagens Brauchbarkeit.
Man bildet Ton und macht daraus Gefäße.
Auf dem Nichts daran beruht des Gefäßes Brauchbarkeit.
Man durchbricht Wand mit Türen und Fenstern, damit ein Haus entstehe.
Auf dem Nichts daran beruht des Hauses Brauchbarkeit.

Nach Laotse ist das Nichts also gar kein „Nichts" sondern etwas ein höchst Sinnvolles. Wir sollten uns bemühen, im Tod einen Hinübergang in dieses höchst sinnvolle Nichts zu sehen, auch wenn wir es nicht beschreiben und verstehen können. Ein Kommentar zu dieser Textstelle des Taoteking lautet: „In Gleichnissen sucht der Verfasser hier einer Wahrheit zum Ausdruck zu verhelfen, deren direkte Aussprache ihm durch den Mangel an Ausdrucksfähigkeit der Sprache ... unmöglich wurde. Man merkt es ... seinen Äußerungen an, dass er mehr gedacht hat, als er in Worte zu pressen vermochte..." (Richard Wilhelm, Tao te king, Anaconda-Verlag, S. 112). Wir stehen also vor einer Unaussprechlichkeit dessen, was der Tod uns bringt und wohin er uns führt. Aber wir dürfen annehmen: Irgendein „Weiter" gibt es, irgendein „Danach" gibt es.
Der amerikanische Schriftsteller Thornton Wilder sagte: „Da ist ein Land der Lebenden und da ist ein Land der Toten; die Brücke dazwischen ist die Liebe" (Maibaum, S.94). So bleibt die Verstorbene auch im Tod lebendig in dieser Liebe. Lassen Sie uns daher gemeinsam das Leben von Gerlinde A. anschauen:

II. Persönliches zur Verstorbenen

a. Die Verstorbene Gerlinde A. wurde geboren am 29.1.1942; sie ist gestorben am 22. Mai diesen Jahres. Mitten im Krieg wuchs sie auf. Und wie es bei Menschen der Kriegsgeneration sehr häufig vorkommt, hatte sie ein „zupackendes Wesen". Sie war eine „Schaffer-Natur", die stets viel geleistet hat und zwar „Enormes". Als sie im Alter von 14 Jahren war, verstarb ihre Mutter und schon ab diesem Zeitpunkt war ihre Leistung gefragt, war Tüchtigkeit gefragt. . Arbeit war für sie Lebenssinn. Sie hatte für die Sorgen eines jeden in der Familie stets ein offenes Ohr, dachte immer sehr viel mehr an andere als an sich. Urlaub zum Beispiel kam für sie kaum vor. Ihr Mann sprach von ihr in höchster Anerkennung. Mit vollstem Respekt verneigen wir uns vor der Verstorbenen und wollen einen Text hören, der die besonderen Charaktereigenschaften von Gerlinde A. zum Ausdruck bringt:

b. Text der Angehörigen über die verstorbene Gerlinde A. (wird vom Sitzplatz aus vorgelesen von einem der Angehörigen auf einem eigenem Blatt):

Liebe Töchter Petra und Karin, Liebe Schwiegersöhne,

sowie die Enkelkinder und Urenkel.

Sehr geehrte Trauergäste.

Ich wünschte der Grund warum wir alle heute hier versammelt sind wäre ein anderer.

Dieser Moment kam für euch alle viel zu früh.

Euere Gerlinde, der für jeden starke Mittelpunkt der Familie,

eine bewundernswerte Frau, die jeder ins Herz geschlossen hatte.

Fassen kann es keiner, denn für viele von euch war euere Mutter, Schwiegermutter, Großmutter und Urgroßmutter sowas wie ein Anker.

Sie war die Frau auf die man sich immer verlassen konnte, egal um was es ging, sie stand euch immer mit Rat und Tat zur Seite.

Sie war ein guter Freund und Zuhörer, wenn es mal eng wurde gab sie euch ihr letztes Hemd.

Das alles tat sie mit einer Selbstverständlichkeit wie sie einem nur selten begegnet.

Mit ihrem Mann Adolf dem ständigen Begleiter an ihrer Seite,

hat sie sich um viele Kinder gesorgt.

Egal ob die Eigenen oder Pflegekinder, sowie Enkel und Urenkel,

jeder hatte es gut bei ihnen.

Selbst bei der Geburt der Enkel Sheila, Andreas, Sarina und Michael und des Urenkel Pascal, stand sie mit vollem Stolz und liebevoll zur Seite und half wo sie nur konnte.

Schlug sich die Nächte um die Ohren und umsorgte die Kinder mit viel mütterlicher Wärme.

Auch ihre erst kürzlich geborene Urenkelin Melina, die sie so wahnsinnig stolz gemacht hat erfreute sie sehr.

Gerlinde wollte sie doch so gerne weiter aufwachsen sehen, das kann sie zwar immer noch aber die Perspektive hat sich geändert.

Für Gerlinde und Adolf gab es nicht nur Höhen, auch durch das Tal der Tränen mussten sie durch.

Die Zeit der Trauer über den Verlust ihres Sohnes Andreas, durchlebten sie gemeinsam.

Etwas Halt in dieser schweren Zeit gab ihnen ihr 2 Jähriger Enkel Andreas, den ihr Sohn hinterließ, genau wie ihre beiden Töchter und ihr Enkelkind Sheila.

Auch das Schicksal das Gerlinde in den letzten 8 jahren an den Rollstuhl gebunden hatte, war alles andere als einfach für diese starke Persönlichkeit, die immer wieder neuen Lebensmut fassen konnte.

Sie war trotz allem ein fröhlicher Mensch, mit viel Humor und ließ sich durch nichts und niemanden unter bringen.

Eines liebe Gerlinde möchten wir, deine Familie und Freunde, dir nun alle mit auf deinen Weg geben.

Du wirst immer ein Mittelpunkt in unserem Leben bleiben.

Auch wenn du nicht mehr unter uns bist, so bist du weiterhin in unseren Herzen.

Was würden wir dafür geben noch einmal deine Stimme zu hören, dir noch einmal sagen wie Stolz wir auf dich sind und wie sehr wie dich lieben.

Nun bist du befreit von all dem Schmerz und Leid.

Wir hoffen es geht dir gut da wo du jetzt bist und wir wissen das du da oben auch nicht alleine bist.

Du bist jetzt ein Engel der über uns wacht und irgendwann da werden wir auch wieder bei dir sein, alle vereint.

Deine Familie und Freunde

c. Musikstück: von CD: Largo von Händel

d. Im Vorbereitungsgespräch haben wir vereinbart, daß eines der Enkelkinder folgenden kleinen Text vorliest: (aus Frank Maibaum, Das Abschiedsbuch, S. 85/86)

„Vor mir liegt ein unbekannter Weg, den ich nun wohl alleine geh.
Ich geh voraus. Wohin der Weg mich führt, ich weiß es nicht...
Der Weg ist fremd, das Ziel ist`s ebenso.
Doch Leid wird da nicht sein.
Kein Schmerz wird meinen Körper quälen.
Der Himmel strahlt stets über mir
und unter mir wird stets die Erde sein,
wo ich auch bin und wie.
Das ist gewiß."

TEIL C: ABSCHLUSS DER TRAUERFEIER AN DER ANDACHTSTÄTTE

Verehrte Trauergäste, lassen sie uns nun gemeinsam in aller Stille und in aller Ruhe die Verstorbene zu ihrer letzten Ruhestätte begleiten. (Wir folgen dem, der die Urne trägt)

(Wir alle gehen in Stille zur Grabstelle und versammeln uns dort)

TEIL D: AM GRAB

a. Wir wollen nun die Urne in das Grab herablassen und dabei das VATER UNSER beten:

Vater unser im Himmel,
geheiligt werde dein Name
Dein Reich komme,
Dein Wille geschehe,
wie im Himmel so auf Erden.
Unser tägliches Brot gib uns heute.
Und vergib uns unsere Schuld,
wie auch wir vergeben unseren Schuldigern.
Und führe uns nicht in Versuchung,
sondern erlöse uns von dem Bösen.
Denn dein ist das Reich und die Kraft
und die Herrlichkeit in Ewigkeit. AMEN

b. Jeder von uns möge sich nun in Stille mit einer jeweils eigenen Geste, zum Beispiel einer Verbeugung vor dem Grab (jeder wie er oder sie es will) von der Verstorbenen verabschieden. Wer will kann eine Blume oder ein Erinnerungsstück ins Grab legen. Wir alle verneigen uns vor der Verstorbenen.

Musikstück zum Ausklang am Grab (auf DC-Player gespielt):
Musikstück der Gruppe Amigos. Titel: „Mutter, wir danken dir“

Damit endet die Beerdigung.

18. Lyrisches

Grablied für eine Geliebte

Droben am Himmel die Sonn untergeht.
Ich kann's nicht mehr ändern. Es ist schon zu spät.
Die Nacht bricht herein und es dunkelt das Licht.
Die Engel, sie tanzen, doch hörn sie mich nicht.

Sie tanzen vor Freude wie funkelnde Stern.
Ich möchte sie küssen und habe sie gern.
Die Trauer nun in mir ist mit großer Macht
Im Himmel ist Julia. Sie ist umgebracht.

Sie wurde ermordet von tückischer Hand.
Ich hatte in Liebe zu ihr mich verrannt.
Nun ich nur weine, weil sie lebt nicht mehr.
Julia, wo bist Du ? Ich liebte dich sehr.

19. Neunte Trauerrede

Trauerfeier für verstorbene Elisabeth G.

TEIL A: EINLEITUNG

Es läuft in der Kapelle eine ruhige Andachtsmusik. Die Musik läßt eine Atmosphäre der Ruhe und Konzentration auf die Feier entstehen. Ich lasse die Musik kurz vor Beginn der Feier langsam leiser werden, bis sie schließlich ganz verstummt. Ich sitze auf einem der Plätze, neben mir mein CD-Player. Nachdem pünktlich zu Beginn die Musik leiser wurde und dann ganz verstummt ist, beginne ich die Feier, indem ich vor die Anwesenden trete, vor mir die geöffnete Mappe.

Begrüßung:

Ich darf alle anwesenden Trauergäste sehr herzlich begrüßen. Mein Name ist Michael Schilling und ich durfte zusammen mit Ihnen, sehr geehrte Frau G., und Ihnen, sehr geehrter Herr G., dem Sohn der Verstorbenen, das Vorbereitungsgespräch zu dieser Trauerfeier führen. Ich begrüße auch Ihre beiden erwachsenen Kinder Ramona und Marcel sehr herzlich. Ich bedanke mich auch sehr herzlich für das Vertrauen, das Sie mir im Gespräch entgegengebracht haben.
Trauer erfüllt uns alle. Und sie ist das, was uns heute zusammengeführt hat. Aber was ist das:

TRAUER ? .

„Sie ist ein gemischtes Gefühl... . Sie ist uns gegeben, um Schmerzen des Verlustes zu bewältigen. Wenn wir ihr nicht Hindernisse in den Weg stellen, kann sie von selbst fließen und nach außen gelangen. Wenn sie in uns bleibt, kann sie zerstörerisch wirken... . Den Umgang mit ihr lernt man, indem man mit der Hilfe und Unterstützung Gleichgesinnter den Entschluß faßt, sie zu durchleben und nicht zu verstecken."

So wie das Wasser fließen darf über den Bach ins Tal, so dürfen auch unsere Gefühle fließen. Fließen sie nicht, kann die eigentlich natürliche Trauer auf einmal krankmachend wirken, zerstörerisch sein – ja sich womöglich in depressive Verstimmung äußern. Ich will Sie daher zunächst einladen, Ihre Gedanken laufen zu lassen, Ihre Gefühle spazieren gehen zu lassen in den Erinnungsbildern, die jeder einzelne von Ihnen jetzt in sich trägt.
Lassen Sie uns dem ersten sehr ergreifenden Musikstück lauschen, das uns gemeinsam diese Unterstützung und Hilfe geben möge.

Musikstück: Largo von Händel

TEIL B: TRAUERREDE

I. Allgemeine Einleitung:

Wir stehen also vor einer Unaussprechlichkeit dessen, was der Tod uns bringt und wohin er uns führt. Aber wir dürfen annehmen: Irgendein „Weiter" gibt es, irgendein „Danach" gibt es. Ja, wir können sagen:
„Da ist ein Land der Lebenden und da ist ein Land der Toten; die Brücke dazwischen ist die Liebe" (Maibaum, S.94). So bleibt die Verstorbene auch im Tod lebendig in dieser Liebe. Lassen uns daher gemeinsam das Leben von Elisabeth G. Anschauen:

II. Biographische Würdigung der Verstorbenen

Elisabeth G. wurde am 5. März 1922 in Schlesien B. im Riesengebirge geboren und Sie schlief am 20. Juli in Frieden und ohne Schmerzen ein.
Sie wuchs auf mitten in einen Krieg hinein, erzählte aber immer gern von Ihrer schönen Kindheit in den Kriegstagen. Da sie die Zweitälteste von allen 7 Geschwistern war, hatte sie auch die Aufgabe, Geld und Erziehung mit in die Familie einzubringen.
1940 wurde sie in das Landjahr geschickt, zu der Familie des dortigen Pfarrers nach B., um Haushalt und die Kinder zu beaufsichtigen. Es war für mich angenehm und überraschend zu hören, dass sie bis vor drei Jahren noch Kontakt zu dieser Familie hatte, die jetzt in G. wohnt. Elisabeth konnte dann 1943 wieder zurück in ihre schlesische Heimat bis kurz vor Kriegsende. Es geschah aber 1944 etwas Wunderbares: Sie lernte den Flieger Erhard kennen. Sie gaben sich beide das Versprechen, aufeinander zu warten, da Erhard als Soldat in den Krieg eingezogen wurde. Die Familie M. mußte während dieser Zeit aus ihrem Heimatland flüchten über viele Städte und Stationen. Ihren Kontakt zu ihrem Liebsten Erhard hielt sie durch die Feldpost aufrecht und erfuhr so von seiner russischen Kriegsgefangenschaft, die erst 1948 endete. Sie trafen sich bei den Eltern in E. wieder. Erst 1948 konnte die Trauung stattfinden. Sie wohnten bei den Schwiegereltern im 1952. Danach wohnten sie bis 1956 an der M. mit ihren zwei Töchtern. 1956 fanden sie eine bessere Wohnung in E. auf der Emilienstraße 5. 1957 kam der Sohn Friedrich zur Welt. In der Emilienstraße wohnten sie zusammen bis 13. Oktober 2006; da verstarb ihre immer noch große Liebe und sie hatte eine sehr schwere Zeit danach. Erst der Umzug zum Sohn und der Schwiegertochter Anna gaben ihr wieder Lebensmut. Sie wurde in ihrer neuen Umgebung gut

aufgenommen. Lisbeth ging zum Turnen und machte Kaffee-Fahrten, besuchte auch die Landfrauen und nahm teil an Gemeindetreffen. Sie reiste mit dem Sohn Friedrich und seiner Familie zu ihren Schwestern und zu Freunden der Familie und wurde überall herzlich aufgenommen. Elisabeth war ihr ganzes Leben lang eine liebevolle Mutter, Schwiegermutter und Oma. Ihre Enkel Ramona und Marcel hatten Oma und Opa viele Jahre miterzogen. Ihr schönster Traum außer einigen Urlauben zusammen mit Ehepaar G. und den Enkeln sollte sich 2009 erfüllen, eine Kreuzfahrt durch das östliche Mittelmeer. Ihre Schwester Käthel, Friedrich und Anna begleiteten sie. Von dieser Reise träumte sie bis zuletzt.
2010 nahm ihr Leben eine dramatische Wende. Durch einen Sturz wurde sie zum Pflegefall.
2012 bekam sie eine riesige Überraschung zu ihrem 90. Geburtstag, nämlich eine Wiedersehensfeier mit ihren drei Geschwistern und einer Party im Keller, wo ihre Enkeltochter Ramona für sie orientalischen Bauchtanz vorführte. Auch dieser Geburtstag wird unvergessen sein.
Ihr größtes Glück wurde perfekt mit der Geburt ihres Urenkels Brandon.
Sie freute sich immer auf ihre Enkel Ramona und Marcel und ihren Urenkel Brandon. Als Brandon endlich sprechen konnte, rief er mit erhobenem Zeigefinger: „Oma, nicht schlafen !“ Denn Oma schlief gerne in ihrem Fernsehsessel ein. Auch morgens weckte Brandon seine Omi mit einem Küsschen. Das war für sie doch das größte Glück. Ein schwerer Schlaganfall und dessen Folgen beendeten ihr Leben. „Wir lieben sie und behalten sie immer in unserem Herzen“, so drückten Sie, Frau Anna G. sich aus.
Ja man kann mit Dankbarkeit sagen: Es war schön und großartig, sie gekannt zu haben. Ja, ich beneide Sie, liebe Familie G., um das Familienleben, das sie alle genießen durften und sicher noch weiter genießen werden. Ich denke an die phantastische Kreuzfahrt im östlichen Mittelmeer mit dem Besuch einiger griechischer Inseln, schließlich dem Besuch der Pyramiden in Ägypten. Einfach große Momente. Ich durfte die Fotos im Zimmer Ihrer Mutter betrachten; ich sah eine lebensfrohe Familie. Und vielleicht wird ja der kleine Brandon auch mal lernen, wie man eine „Quetschkommode“ bedient, wie es der Uropa Erhard beherrscht hat. Ich wünsche Ihnen allen noch viele und großartige Tage, Wochen, Monate und Jahre, die sie miteinander genießen sollten, wo es nur geht – was sicher ganz im Sinne der verstorbenen Mutter, Großmutter und Urgroßmutter ist.

(Lassen Sie uns einem weiteren Musikstück lauschen und lassen wir die bewegte Lebensgeschichte von Elisabeth G. in uns ein wenig nachhallen wie ein Echo – AIR von Bach, CD)
Wenn das Musikstück geendet ist, wird dieser Text vorgetragen:

„Vor mir liegt ein unbekannter Weg, den ich nun wohl alleine geh.
Ich geh voraus. Wohin der Weg mich führt, ich weiß es nicht...
Der Weg ist fremd, das Ziel ist`s ebenso.
Doch Leid wird da nicht sein.
Kein Schmerz wird meinen Körper quälen.
Der Himmel strahlt stets über mir und unter mir wird stets die Erde sein,
wo ich auch bin und wie. Das ist gewiß.“

(Jetzt ziehe ich die weißen Handschuhe an und gehe zur Urne. Ich verbeuge mich vor ihr, nehme sie und gebe sie Herrn G. in die Hände, der die Urne zum Grab tragen wird. Ein Mitarbeiter des Friedhofs geht voran und wir folgen ihm in Stille und Andacht zur Stelle, wo das Grab ist.)

TEIL C: AM GRAB

a. Wir wollen nun die Urne in das Grab herablassen und dabei das VATER UNSER beten. Im Anschluss an das Gebet wird ein Musikstück erklingen, dass zu den Lieblingsmelodien der

Verstorbenen gehört hat. Elisabeth G. hatte eine besondere Liebe zu ihrer alten Heimat Schlesien. Diese Liebe soll sich in diesem Musikwunsch ausdrücken. Während diese Musik erklingt, lade ich dann alle ein, sich auf je eigene Weise vor dem Grab zu verabschieden, z.B. indem man eine kleine Blume ins Grab herabläßt oder einen kleinen Brief mit den Worten, die man der Verstorbenen noch gerne mitgeben möchte. Wir beten gemeinsam:

Vater unser im Himmel,
geheiligt werde dein Name
Dein Reich komme,
Dein Wille geschehe,
wie im Himmel so auf Erden.
Unser tägliches Brot gib uns heute.
Und vergib uns unsere Schuld,
wie auch wir vergeben unseren Schuldigern.
Und führe uns nicht in Versuchung,
sondern erlöse uns von dem Bösen.
Denn dein ist das Reich und die Kraft
und die Herrlichkeit in Ewigkeit. AMEN

b. Jeder von uns möge sich nun in Stille mit einer jeweils eigenen Geste, zum Beispiel einer Verbeugung vor dem Grab (jeder wie er oder sie es will) von der Verstorbenen verabschieden. Wer will kann eine Blume oder ein Erinnerungsstück ins Grab legen. Wir alle verneigen uns vor der Verstorbenen.

Musikstück „Schlesierlied“ zum Ausklang am Grab (auf DC-Player gespielt):

Damit endet die Beerdigung.

20. Lyrisches

Erinnerungen

Mein Leben ist, als ob ein Film abliefe
und ich habe nichts mit ihm zu tun.
Als säß' im Kino ich und säh' nur schiefe
Bilder, die nicht zusammengehör'n.

Ein Bild von Dali könnt' es sein,
das mit den Uhr'n, die fließen.
Darin Erinnerungen mitten rein,
die wie donnernde Kanonen durch den Kopf mir schießen.

Er läßt mir keine Wahl, ihm zu entrinnen.
Ist wie ein Alptraum, der mich packt und schüttelt.
Und mein Kopf will mir bald zerspringen
durch die Gewalt, die in ihm wütet.

Wann kann ich der sein, der diesen Film anhält.
Wann bin ich der große Gott.
Wann rettet mich das Schiff, das nicht zerschellt,

oder wann bin ich endlich tot.

Ach – wollt' mir Gott Erfüllung geben ?
So mag er's tun. Ich bin dabei.
Aber tat er's nicht im Leben,
so ist's im Tode einerlei.

21. Zehnte Trauerrede

Trauerrede für Papa

Liebe Mama, Liebe Maria, Lieber Karl, Liebe Christine, Liebe Verwandten der Familien sowohl von mütterlicher wie von väterlicher Seite, Liebe Trauergäste !
Wir sind zusammengekommen, um Abschied zu nehmen von Otto S., der uns viel bedeutet.
Eine Trauerfeier ist nicht zuletzt auch ein Anlass, sich mal wiederzusehen, wenn man sich vielleicht schon sehr lange nicht gesehen hat. Eben das, muss ich zugeben, ist es auch, was mich etwas nervös sein läßt, weil jeder von uns jetzt mit ganz eigenen Erinnerungen und Gefühlen zu diesem konkreten Verstorbenen, diesem ganz bestimmten Otto S. gekommen ist. Wir, die Kinder, haben einen Vater verloren, mancher vielleicht einen guten Freund, einen Bruder. Für jeden von uns hat dieser Otto S. eine jeweils ganz andere und ganz eigene Bedeutung gehabt. Vielleicht mischt sich auch Negatives in diese Erinnerungen. Ich erinnere aber an eine sehr kluge Mahnung meiner lieben Mutter an mich, wenn ich anderen Menschen meinte zu kritisch begegnen zu müssen: „Jeder ist IRGENDWIE, du aber auch !!!“ Und das meint ja nichts anderes als: Wer anderen kritisch gegenüber sein will, muss vor allem auch gegenüber sich selbst kritisch sein können. Christliches Ethos ist im Wesentlichen ein Ethos der Vergebung, ein Ethos, dass dazu mahnt, die eigenen Vorurteile zu überwinden. Ein Christ kann sagen: Es ist, wie es ist; und es ist gut so, wie es ist. Wichtig ist das, was an Positivem bleibt. Und da fällt einem ein überraschend feinsinnig denkender und fühlender Otto S. auf, der z.B. plötzlich als Lyrik-Liebhaber auftritt, konkret der Lyrik von Rainer Maria Rilke. Besonders eines seiner Gedichte rezitierte er gern, das wir auf der Trauerkarte widergegeben haben:

Die Blätter fallen, sie fallen wie von weit,
als welkten in den Himmeln ferne Gärten;

Eine leise Melancholie macht sich breit in diesen Zeilen. Wie die Blätter fallen, so könnte es auch mit dem Leben selbst sein. Aber diese Blätter stammen aus fernen Gärten. Es sind die Orte, aus denen das Leben selbst kommt.

Wir alle fallen.

So schreibt Rilke. Der „Herbst des Lebens“, wie der Volksmund es nennt, wird jeden von uns treffen. Und dies, wie ich es empfunden habe, ist die Grundstimmung dieses Gedichtes, die wie ein immer wiederkehrendes Echo durch jede Zeile hallt. Und doch endet Rilke nicht in Resignation sondern in einem überraschenden Optimismus, denn:

Und doch ist Einer, welcher dieses Fallen
unendlich sanft in seinen Händen hält.

Ich will auf folgende drei Eigenschaften hinaus, die dieses Gedicht genauso wie den Charakter unsere Vaters ausmachen:

(1) Er war ein Liebhaber der Gartenbaukunst und dies mit absolut poetischem Unterton sozusagen. Ein Garten ist nie nur einfach ein Garten; er ist Ort des Lebens; er ist quasi eine Oase, die Leben spendet.

(2) Gleichzeitig weiß sowohl Rilke wie unser Vater, dass Leben endlich ist. Vor allem einer Kriegsgeneration muss man das nicht lange erklären. Wer einmal den Nullpunkt in seinem Leben konkret erlebt hat, der hat das Kämpfen gelernt. Unser Vater, geboren am 25. April 1925, kam nun mal in eine Welt, in der der Kampf um die bloße Daseinsvorsorge, um Existenzsicherung, den Alltag ausmachte. Leistung ist hier gefragt. „Einknicken" vor dem Schicksal (was ja auch eine Möglichkeit wäre), geht da einfach nicht. Ich möchte mir den Hinweis erlauben, dass z.B. der Gedanke an Freitod in Kriegssituationen in relativ geringerem Maße auftritt als in Situationen des Wohlstandes. Hier ist das Leiden an einer Depression merkwürdig häufiger. Es ist wohl so: Wer den Scherbenhaufen vor sich hat, sieht eher die Herausforderung zum Anpacken und der Gedanke an eine Vergeblichkeit des Lebens tritt zurück hinter der Aufgabe, die sich vor einem auftut, ob man will oder nicht.

(3) Als Drittes möchte ich nennen: Gottvertrauen. Rilke und Papa waren in ihrem Denken und Handeln offensichtlich genau davon getragen. Wie stellt Gott das an, das er jeden von uns trägt und hält, gleichgültig, was auch passiert ? Ich will zugeben, dass ich das nicht weiß. Die Frage, wie funktioniert Gottes Handeln, ist nicht zu beantworten. Gott lässt sich nicht in die Karten schauen. Wir sind gewöhnt in Vernunftbegriffen zu denken und damit alles und jedes plausibel erklären zu können. Aber das scheint in Glaubensdingen nicht zu funktionieren. Sören Kierkegaard spricht von einem Sprung, der gewagt werden muss gegen alle Vernunft. Es gilt: Credo, quia absurdum; ich glaube, weil es absurd ist. Der Drang der Vernunft zu größtmöglicher Plausibilität und Erklärbarkeit versagt vor der Tatsache des Todes. Lassen wir es dabei und überlassen wir unseren Vater Gott selbst. Lassen wir ihn nun bei Gott sein und wünschen ihm einfach ein gutes neues Leben mit Gott. Und der Glaube genau daran verschafft in uns neuen Mut, er verleiht Lebensenergie. Auch diesem jetzt toten Otto S. hat dieser Glaube an den „Einen, welcher dieses Fallen unendlich sanft in seinen Händen hält" Mut verliehen.

Das Leben unseres Vaters ist in diesem Sinne ein gelungenes Leben. Dieses Leben ist Leistung. Es war, als wir unseren verstorbenen Vater auf der Krankenstation sahen, ein Moment sowohl größter Traurigkeit UND gleichzeitig ein Moment großer Erleichterung. Für mich war es ein Moment der Ruhe und Entspannung. Ein entspanntes und friedliches Gesicht habe ich gesehen. Natürlich spült das den Trennungsschmerz nicht einfach so weg. Der Schmerz bleibt. Aber was eben auch bleibt, ist Dankbarkeit, diesen Mann als Vater gehabt zu haben, oder als Großvater, oder als Freund.

22. Lyrisches

Im Zweifel alleine

Das eine darf ich, das andere nicht,
eine unbekannte Stimme zu mir spricht.
Das eine sollte ich, das andere mss ich unbedingt tun.
Im Zweifel steh ich allein mit der Frage: Was nun ?

Ratschlag auf Ratschlag erschlägt meinen Sinn.
Im Zweifel steh ich allein mit der Frage, wer ich bin.
Es dämmert das Dunkel des Herbstes in mir.
Im Zweifel steh ich allein mir der Frage: Wofür lebte ich, wofür ?

In der Stille der Nacht kommen die Fragen und sagen:
Warum hörst Du nicht auf, dich mit Sinnlosem zu plagen ?
Ich will nicht mehr hören auf sie und die Sorgen.
Im Zweifel steh ich allein mit der Frage: Leb ich noch morgen ?

Ja, gibt es ein Morgen, der lohnt aufzustehn ?
Oder wär's edler im Gemüt, dem Tod entgegenzusehn ?
Hamlet fragt nach Sein oder Nichtsein und kommt nicht zum Ziel.
Im Zweifel steh ich allein mit der Frage, was ich will.

Ein Weg könnte sein: der Weg im Gebet.
Bin ich so fromm, dass meine Seele zum gnädigen Gott hingeht ?
Oder falle ich eher der ewigen Hölle anheim ?
Im Zweifel steh ich allein mit der Frage: Sein oder Nichtsein ?

23. Elfte Trauerrede

Trauerfeier für Oberstudienrat i.R.Horst S.

I. Begrüßung

Ich begrüße sehr herzlich alle, die hier heute zusammengekommen sind,um sich von dem verstorbenen Herrn Oberstudienrat Horst S. zu verabschieden. Ich darf besonders begrüßen den Bruder des Verstorbenen, Herrn S. und seine Frau, ebenso den Neffen des Verstorbenen mit seiner Frau, Ralf und Inge S.. Auch das Ehepaar Jürgen und Sabine S. begrüße ich sehr herzlich, die mit dem Verstorbenen sehr eng befreundet waren; und schließlich begrüße ich auch Sie, sehr geehrter Herr van B.. Ich bedanke mich, dass Sie mich in Ihr Haus haben kommen lassen und mir das Vertrauen schenkten, diese Trauerfeier mit Ihnen vorzubereiten. Im Gespräch mit Ihnen allen ist in mir ein großer Respekt entstanden vor der großen Lebensleistung von Oberstudienrat Horst S..

II. Beginn der Trauerrede

Es kam bei mir die Frage auf: Was ist eine gelungene Lebensbewältigung ? Wann kann man sagen: Ja, dies war ein gelungenes Leben ? Der griechische Philosoph Aristoteles gibt darauf folgende Antwort: Er unterscheidet drei Stufen:
a. Zuerst kommen die Fragen nach dem Lebensnotwendigen, also die Fragen der bloßen Daseinsvorsorge und Existenzsicherung.
b. Dann folgen die Fragen, die das Leben angenehmer machen. Nennen wir es die Fragen nach Luxus.
c. Dann aber folgt als Drittes das Fragen nach den letzten Dingen wie Leben oder Tod.
Nach Aristoteles ist es nicht möglich, die zweite Frage vor der ersten, oder die dritte Frage vor der zweiten anzugehen. Die Möglichkeit, sich mit Fragen des Lebens oder des Todes auseinanderzusetzen, setzt voraus, dass man sein konkretes Alltagsleben zuerst schlicht hinbekommen hat. Daher lassen sich die Überlegungen des Aristoteles auf die Formel bringen: „Primum vivere, deinde philosophari", das heißt: Zuerst das Leben, dann das Philosophieren. Horst S. war ein Mann, der sein Leben mit Pflichtbewusstsein gestaltet hat. Er hat gewusst: Das Leben muss geleistet werden. Aufgaben, die das Leben stellt, müssen angenommen und gelöst werden auf irgendeine positive Weise.

III. Biographische Würdigung

Geboren am 9. Juni 1933 wuchs Horst S. in eine denkbar schwierige Zeit hinein. Vor allem die Kriegsjahre waren Jahre der Entbehrung. Sein Bruder erzählte zum Beispiel: Man spielte als Kinder mit dem, was eben da war. Es gab eben vieles an wünschenswertem Luxus einfach nicht. Aber nicht nur in materieller Hinsicht waren die Kriegs- und Nachkriegsjahre sehr verlustreich. Es war wohl ein großer Schock für die ganze Familie, als der Vater von Horst S. im Grunde mit Gewalt zum Kriegsdienst verpflichtet wurde. Die Flagge der Nationalsozialisten hätte am Fenster hängen sollen – nur aus Vergesslichkeit wurde sie nicht ausgehängt, obwohl der Vater dazu noch aufgefordert hatte, als er am morgen zur Arbeit ging. Dieses kleine Vergehen reichte schon und sofort wurde er zwangsweise an die Front geschickt – und nicht an irgendeine. Ausgerechnet in die kriegsentscheidende und sehr grausame Schlacht um Stalingrad wurde er verwickelt. Nur wenige überlebten den Kessel von Stalingrad; der Vater zum Glück einer davon. Er geriet in russische Kriegsgefangenschaft und kam gleich Ende 1945 wieder nachhause. Und so war die Familie wieder beisammen und das war ein wahrlich großes Glück. Der Vater hatte bereits während des Krieges per Post die Familie aufgefordert, die Heimatstadt D. zu verlassen, da sie wohl von amerikanischer Seite angegriffen werden würde. Und so hielt sich die Familie eine Zeitlang in L. auf. Als der Vater dann dorthin gekommen war, sorgte er bald dafür, dass die Familie wieder nach D. zurückkehren konnte und man begann ein neues Leben. Vater und Mutter arbeiteten hart und wirklich sehr hart, um ihrer Familie ein gutes Leben ermöglichen zu können. Die konkrete Alltagsbewältigung war das Ziel, und dieses Ziel wurde erreicht. Auch Horst S. war ein Mann, der sich Aufgaben mutig stellte und nicht etwa sich ihnen entzog. Ab 1963 war er tätig als Lehrer für Geschichte und Latein und war ein gleichermaßen fordernder wie auch fördernder Lehrer, der seinen Schülern das Lernen sicher nicht ersparte, sich aber auch in persönlicher Hinsicht sehr um sie kümmerte. Die Beziehung, die er zu Ihnen, Sehr geehrte Frau L. und Sehr geehrter Herr L., pflegte, war für mich ein rührendes und überzeugendes Beispiel großer Mitmenschlichkeit. Auch sprachen Sie, Herr S., die gute und innige Beziehung an, die Sie zu Ihrem Bruder hatten. Er hatte Ihnen in seiner Fußballbegeisterung ermöglicht, Ihrem sportlichen Fußballhobby nachkommen zu können, indem er Sie in einem Verein anmeldete – eine sehr schöne brüderliche Geste. Horst S. war Realist, kaum Romantiker, kaum Genußmensch. Aber er hatte überraschende Vorlieben: Er mochte Fußball, er mochte es, gemütlich einzukehren zum Beispiel, wenn er seinen Bruder vom Fußballtraining abholte; er mochte gutes Essen, er mochte auch schöne Urlaube etwa in Kärnten. Er mochte es, einfach Zeit zu verbringen etwa mit Ihnen, verehrtes Ehepaar L.. Er war jemand, der fürsorglich und engagiert auftreten konnte, wie ich in dem Gespräch in Ihrem Haus, Herr van B., eindrucksvoll erfahren durfte. - gegenüber seinen Schülern, die er sowohl forderte und förderte wie gegenüber jedem anderen. Die sehr innige Beziehung zu Ihnen, verehrtes Ehepaar L., hat mich besonders beeindruckt. Ein insgesamt 31 Jahre andauerndes Berufsleben hat Horst S. in einem guten Sinne zu Ende gebracht. Auch im persönlichen Bereich hat er große Mitmenschlichkeit bewiesen. Leider erlitt er im April 2012 einen Schlaganfall und konnte nicht mehr in seine Eigentumswohnung zurückkehren, die er 1993 erworben hatte. Er kam in ein sehr schönes Alten- und Pflegeheim, wo er sich äußerst wohl fühlte. Nun ist sein Leben zu Ende gegangen. Ich würde sagen: Hut ab vor diesem großen alten Mann. Ich und wir alle wünschen ihm jetzt einfach alles Gute, wo immer er sich jetzt aufhält !

Musikstück: AIR von Bach

Ich lese folgende Text vor:

„Vor mir liegt ein unbekannter Weg, den ich nun wohl alleine geh.
Ich geh voraus. Wohin der Weg mich führt, ich weiß es nicht...
Der Weg ist fremd, das Ziel ist`s ebenso.

Doch Leid wird da nicht sein.
Kein Schmerz wird meinen Körper quälen.
Der Himmel strahlt stets über mir
und unter mir wird stets die Erde sein,
wo ich auch bin und wie.
Das ist gewiß."

Lassen Sie uns noch eine Zeitlang den Erinnerungsbildern folgen, die sich bei jedem von uns jetzt auftun. Am Ende des nun folgenden Musikstückes, der Mondscheinsonate von Ludwig van Beethoven, werden wir dann schweigend und gemeinsam Horst S, zu seiner letzten Ruhestätte begleiten.

Musikstück: Mondscheinsonate von Beethoven

(Während die CD spielt, ziehe ich meine Handschuhe an, und am Ende der Musik, nehme ich die Urne. Wir gehen gemeinsam alle zum Grab)

IV. Grablegung

a. Wir wollen nun die Urne in das Grab herablassen. Lassen Sie mich dabei den folgenden kleinen Text vorlesen aus dem TAO TE KING, dem Buch der Weisheit des chinesischen Gelehrten Laotse:

Dreißig Speichen treffen sich in einer Nabe.
Auf dem Nichts daran (dem leeren Raum) beruht des Wagens Brauchbarkeit.
Man bildet Ton und macht daraus Gefäße.
Auf dem Nichts daran beruht des Gefäßes Brauchbarkeit.
Man durchbricht Wand mit Türen und Fenstern, damit ein Haus entstehe.
Auf dem Nichts daran beruht des Hauses Brauchbarkeit.

b. Jeder von uns möge sich nun in Stille mit einer jeweils eigenen Geste, zum Beispiel einer Verbeugung vor dem Grab (jeder wie er oder sie es will) von dem Verstorbenen verabschieden. Wer will kann eine Blume oder ein Erinnerungsstück ins Grab legen. Wo immer Horst S sich jetzt aufhält: Wir alle verneigen uns vor dem Verstorbenen.

Damit endet die Beerdigung.

24. Lyrisches

Rennen

Immer mußt' ich rennen um mein Leben.
Hatte nie ne echte Chance.
Immer mußt' ich bitten und vergeben.
Wie sinnlos blieb mein Leben bloß !

Konnte nie der sein, der ich sein wollte.
Tot war ich schon viel zu früh.
Als ich mich umbrachte, man mir grollte.
Dabei war mir mein Leben größte Müh'.

Man sagte:

Er habe keinen Mut und zeige Schwächen;
Man sagte:
Er sei verloren.
Man sagte auch:
Durch Julias Lächeln
sei er für den Himmel auserkoren.

Können Lieb‘ und Tod sich so verbinden,
dass nur im Himmel sich noch Sinn kann finden ?
Wollte nichts mehr grübeln, nichts mehr denken,
Weil ich wusste: nur Gott kann mir noch Frieden schenken.

Also tat ich, was ich tun mußte.
Suchte nicht die Chance zum Leben, sondern die zum Tod,
weil ich wusste, sicher wusste:
Nur er befreit mich aus der Not.

25. Zwölfte Trauerrede

Trauerfeier für verstorbenen Heinrich P.

TEIL A: EINLEITUNG

Es läuft in der Kapelle eine CD mit Melodien von Glenn Miller. Die Musik wird kurz vor Beginn der Feier allmählich leiser, bis sie schließlich ganz verstummt. Ab dem Moment, wo die Musik leiser wird, betrete ich den Raum, wo Angehörige und weitere Trauergäste sich bereits versammelt haben. Die Urne ist für alle sichtbar versehen mit einer Dekoration aus Tüchern und Teelichtern. Ich stehe nun vor allen und beginne die Trauerfeier.

Begrüßung:

Ich darf alle anwesenden Trauergäste sehr herzlich begrüßen. Mein Name ist Michael Schilling und ich durfte zusammen mit Ihnen, sehr geehrter Herr P.,dem Sohn des Verstorbenen, und Ihnen, sehr geehrte Frau R., der Schwiegertochter des Verstorbenen, das Vorbereitungsgespräch zu dieser Trauerfeier führen. Ich bedanke mich sehr herzlich für das Vertrauen, das Sie mir im Gespräch entgegengebracht haben. Ich begrüße auch die Enkelkinder des Verstorbenen recht herzlich: Mariele, Matti und Moritz, sowie auch Sie, Frau Christa P. als Lebensgefährtin des verstorbenen Herrn Heinrich P.. Ebenso herzlich begrüße ich auch alle Verwandten und Freunde des Verstorbenen.
Trauer erfüllt uns alle. Und sie ist das, was uns heute zusammengeführt hat. Aber was ist das: TRAUER ? .

„Sie ist ein gemischtes Gefühl... . Sie ist uns gegeben, um Schmerzen des Verlustes zu bewältigen. Wenn wir ihr nicht Hindernisse in den Weg stellen, kann sie von selbst fließen und nach außen gelangen. Wenn sie in uns bleibt, kann sie zerstörerisch wirken... . Den Umgang mit ihr lernt man, indem man mit der Hilfe und Unterstützung Gleichgesinnter den Entschluß faßt, sie zu durchleben und nicht zu verstecken.“

In einem Bild gesagt:
So wie das Wasser fließen darf etwa über einen Gebirgsbach ins Tal, so dürfen auch unsere Gefühle

fließen. Fließen sie nicht, kann die eigentlich natürliche Trauer auf einmal krankmachend wirken, zerstörerisch sein – ja sich womöglich in depressiver Verstimmung äußern. Das wollen wir hier vermeiden. Der Tod von Heinrich P., Ihrem Vater bzw. Schwiegervater, dem Opa und guten Freund, gleichgültig, in welcher Beziehung Sie alle zu ihm und er zu Ihnen stand oder vielmehr immer noch stehen, hat nicht das letzte Wort. Nein. Vielmehr haben die Erinnerungen, die Sie über den Verstorben haben, dieses letzte Wort. Sie beide, Herr P. und Frau P., erwähnten eine interessante Vorliebe Ihres Vaters bzw. Schwiegervaters: Das Tanzen. Herr Heinrich P. hat beim Tanzen seine erste Frau kennengelernt, die leider 1990 verstarb; einige Jahre später fand er in Ihnen, Frau P., seine neue Lebenspartnerin – ebenso beim Tanzen. Wir haben deshalb sehr bewusst die swingenden Melodien Glenn Millers an den Anfang dieser Trauerfeier gesetzt. Diese Melodien und der Tanz dazu haben das Leben von Heinrich P. begleitet. Irgendeine „musische Ader“ muss er in sich gehabt haben. Dies beeindruckte mich um so mehr, als er nach Ihrer beider Aussage ein Mensch war, der in äußerst pragmatischer und sachlicher Weise sein Leben bewältigte. Aber genau das zeichnete ihn aus: Seine Lebensbewältigung gelang ihm. Sie alle, die sie ihn kannten, wissen dies sicher sehr genau. Einige biographische Grundlinien, die sein Leben kennzeichnen, möchte ich deshalb kurz darstellen. Doch zunächst möchte ich sie alle einladen, den Erinnerungsbildern zu folgen, die in Ihnen allen jetzt vielleicht wach werden, für einige Minuten ganz privat und ganz persönlich.

Lassen Sie uns dem ersten Musikstück lauschen, das uns gemeinsam diese Unterstützung und Hilfe geben möge.

Musikstück: von CD, Largo von Händel

TEIL B: TRAUERREDE

I. Allgemeine Einleitung:

„Da ist ein Land der Lebenden und da ist ein Land der Toten; die Brücke dazwischen ist die Liebe“, sagt Thornten Wilder (Maibaum, S.94). So bleibt der Verstorbene auch im Tod lebendig in dieser Liebe. Lassen uns daher in dieser Liebe und Achtung vor dem Verstorbenen gemeinsam das Leben von Heinrich P. näher anschauen:

II. Biographische Würdigung des Verstorbenen

Heinrich P. wurde geboren am 25. September 1928 in S. in Schlesien, in der Nähe von O.. Er starb am 20. November 2016. Eine Bronchitis, aber auch eine allgemeine körperliche Schwäche führten zum Tod. Mit dem Alter von etwa 85 Jahren stellte sich eine drastische körperliche Veränderung ein: Der, der gerne zu Fuß die Stadt eroberte und der es mochte, kilometerlange Fußwege zu bewältigen, musste hinnehmen, dass eine Arthrose in Hüften und Knien ihm genau diese Möglichkeit zu dieser körperlichen Betätigung leider raubte. Er war jedoch keineswegs ein Mann, der ab diesem Zeitpunkt sich einem ewigen Lamentieren und Klagen hingegeben hätte. Nein. Er war ein Mann, der sich mit Bedingungen, die ihm das Leben stellte, stets arrangieren konnte in einem positiven Sinne. Ich empfinde es als eine große Lebensleistung, wenn jemand es fertig bringt, sich den Schwierigkeiten des Lebens zu stellen und mit ihnen umzugehen weiß. Seine letzten Jahre waren geprägt von dieser Arthrose, die ihm das Gehen immer schwieriger werden ließen; aber sie waren nicht geprägt von irgendeiner Resignation. Mich faszinierte auch die berufliche Tüchtigkeit dieses Mannes. Er hatte eigentlich eine Schlosserlehre begonnen – aber er hatte sie abzubrechen, da er im Herbst 1944 zum Wehrdienst eingezogen worden war. Er erlebte die Kapitulation innerhalb der kriegerischen Auseinandersetzungen in Berlin. Als sie mir das erzählten, fühlte ich mich für einen Augenblick versetzt in den Film „Der Untergang“ mit Bruno Ganz in der Hauptrolle. Eben diesen Untergang in eben diesem Berlin ganz genauso wie in diesem erwähnten Film erlebte

Heinrich P.. Zum Glück nur für einige Monate kam er dann in russische Kriegsgefangenschaft. Bald konnte er jedoch wieder zurückkehren und landete in B., wo er dann ab Oktober 1945 bei der Bahn einen neuen beruflichen Start fand. 1956 heiratete er und führte ein arbeitsreiches und gewissenhaftes Leben, wie sie mir schilderten. Er machte Karriere als Bahnbeamter – aber sein Hobby zum Tanzen pflegte er mit dergleichen Gewissenhaftigkeit und Freude. So waren berufliche Pflichterfüllung und Freude am Leben nie ein Gegensatz sondern – so würde ich sagen – das eine ermöglichte das andere. Pragmatische Lebenseinstellung und Freude am Leben schließen sich also nicht aus. Heinrich P. war auch geprägt von einem großen Familiensinn: Er besuchte nach dem Krieg regelmäßig seine Familie, die während des Krieges Schlesien zu verlassen hatte. Er, der in B. sein neues Leben gefunden hatte, musste und konnte damit leben, dass etwa seine Schwestern in der sogenannten Ostzone ihr Leben fanden. Sowohl in der Zeit vor dem Mauerbau, also vor 1961, wie auch danach lag ihm viel daran, diese regelmäßigen Besuche immer wieder möglich zu machen.
Heinrich P. war voll und ganz Bahnbeamter. Er liebte seinen Beruf und ging in seiner beruflichen Tätigkeit auf. Von 1945 bis 1991 dauerte sein Erwerbsleben; er hatte also eine sehr gradlinige Berufsbiographie. Und er kam dann in den Genuss eines langen 25 Jahre andauernden Ruhestandes. Insofern hat er ein glückliches und gutes Leben gehabt. Dafür kann man eigentlich nur dankbar sein.
Lassen Sie uns einem weiteren Musikstück lauschen und lassen wir die Lebensgeschichte von Heinrich P. in uns ein wenig nachhallen wie ein Echo:

St. Louis Blues March.

Wenn das Musikstück geendet ist, wird diese Gedichtstrophe vorgetragen:

„Vor mir liegt ein unbekannter Weg, den ich nun wohl alleine geh.
Ich geh voraus. Wohin der Weg mich führt, ich weiß es nicht...
Der Weg ist fremd, das Ziel ist's ebenso.
Doch Leid wird da nicht sein.
Kein Schmerz wird meinen Körper quälen.
Der Himmel strahlt stets über mir und unter mir wird stets die Erde sein,
wo ich auch bin und wie. Das ist gewiß."

(Der Begräbnisleiter erscheint und nimmt die Urne in seine Hände. Er trägt die Urne zum Grab und wir alle folgen ihm in Stille und Andacht zur Stelle, wo das Grab ist.)

TEIL C: AM GRAB

a. Wir wollen nun die Urne in das Grab herablassen und dabei möchte ich Ihnen noch gerne einen Gedanken mitgeben, den ich bei dem chinesichen Gelehrten LAOTSE gefunden habe. Er steht genauso wie wir alle mit einer gewissen Ahnungslosigkeit, schlicht Unwissenheit da. Dasjenige, wohin der Verstorbene geht, davon wissen wir im Grunde nichts. Das müssen wir alle zugeben. Und genau zu diesem Nichts, das wir wissen, dazu äußert sich LAOTSE in folgendem Gleichnis, das er in seinem TAO TE KING, dem Buch der Weisheit, niederlegt:

Dreißig Speichen treffen sich in einer Nabe.
Auf dem Nichts daran (dem leeren Raum) beruht des Wagens Brauchbarkeit.
Man bildet Ton und macht daraus Gefäße.
Auf dem Nichts daran beruht des Gefäßes Brauchbarkeit.
Man durchbricht Wand mit Türen und Fenstern, damit ein Haus entstehe.
Auf dem Nichts daran beruht des Hauses Brauchbarkeit.

Liebe Trauergäste !
Lassen wir es doch bei unserer Unwissenheit. Dass wir nicht wirklich genau wissen, wohin der Verstorbene nun gegangen ist, bedeutet nicht wirklich viel. Als mein Vater etwa zu Grabe getragen wurde, ging ich am Grab vorbei und tue das auch heute noch immer wieder und sage dann nur: „Ich gönne Dir, dass du jetzt da bist, wo du bist. Mach's gut. Die Jahre mit Dir waren so, dass ich mich gerne daran erinnere.“
Ich gönne Ihnen allen, daß Sie sich gerne erinnern an den Verstorbenen und Danke sagen für die Jahre, die sie mit ihm haben durften. In diesem Sinne möchte ich Sie nun einladen dazu, dass wir gemeinsam das VATER UNSER beten. Danach wird die Urne endgültig der Erde übergeben – und dann wird Erde zu Erde, Staub zu Staub und Asche zu Asche. Und dann möge sich auch jeder am Grab persönlich von dem Verstorbenen auf seine Weise und mit seinen persönlichen Gedanken am Grab vom Verstorbenen verabschieden.

Vater unser im Himmel,
geheiligt werde dein Name
Dein Reich komme,
Dein Wille geschehe,
wie im Himmel so auf Erden.
Unser tägliches Brot gib uns heute.
Und vergib uns unsere Schuld,
wie auch wir vergeben unseren Schuldigern.
Und führe uns nicht in Versuchung,
sondern erlöse uns von dem Bösen.
Denn dein ist das Reich und die Kraft
und die Herrlichkeit in Ewigkeit. AMEN

Damit endet die Beerdigung.
(Die Angehörigen verabschieden sich alle am Grab vom Verstorbenen mit einem Erdwurf oder Blütenblättern oder mit einer sonstigen persönlichen Geste)

26. Lyrisches

Von Waffen und Sachen

Waffen machen Sachen krachen !
Krachen Waffen machen Sachen !
Sachen krachen Waffen machen ?
Machen Sachen krachen Waffen ?
Waffen machen Sachen krachen !

Krachen machen Sachen Waffen !
Waffen krachen machen Sachen !

Sachen Waffen krachen machen ?

27. Dreizehnte Trauerrede

Trauerfeier für Karl V.

I. Begrüßung

Ich begrüße sehr herzlich alle, die hier heute zusammengekommen sind,um sich von dem verstorbenen Herrn Karl V. zu verabschieden. Ich begrüße Sie, sehr geehrter Herr V. als Sohn des Verstorbenen sehr herzlich, aber ebenso darf ich Sie alle sehr herzlich zu dieser Trauerfeier begrüßen. Ich will mich auch ausdrücklich bei Ihnen, Herr V., bedanken für das große Vertrauen, das Sie mir im Vorbereitungsgespräch zu dieser Feier entgegengebracht haben. Sie haben mir Einblicke gewährt in ein äußerst spannendes Leben – ich möchte sagen: Das war ja nahezu „filmreif" - und das sage ich mit allergrößtem Respekt vor Ihrem Vater – mit einem Respekt vor einer großartigen Lebensleistung.

II. Beginn der Trauerrede

Es kam bei mir die Frage auf: Was ist eine gelungene Lebensbewältigung ? Wann kann man sagen: Ja, dies war ein gelungenes Leben ? Der griechische Philosoph Aristoteles gibt darauf folgende Antwort: Er unterscheidet drei Stufen:

a. Zuerst kommen die Fragen nach dem Lebensnotwendigen, also die Fragen der bloßen Daseinsvorsorge und Existenzsicherung.

b. Dann folgen die Fragen, die das Leben angenehmer machen. Fragen der Existenzsicherung sind geklärt und nun kann etwa die Beschäftigung mit Themen wie Kunst usw. einsetzen.

c. Dann aber folgt als Drittes das Fragen nach den letzten Dingen wie: Was ist Leben oder was ist der Tod.

Nach Aristoteles ist es nicht möglich, die zweite Frage vor der ersten, oder die dritte Frage vor der zweiten anzugehen. Die Möglichkeit, sich mit Fragen des Lebens oder des Todes auseinanderzusetzen, setzt voraus, daß man sein konkretes Alltagsleben zuerst schlicht hinbekommen hat. Und so lassen sich die Überlegungen des Aristoteles auf die Formel bringen: „Primum vivere, deinde philosophari", das heißt: Zuerst das Leben, dann das Philosophieren. Karl V. war ein Mann, der sein Leben stets mit großem Arbeitseifer und mit „Raffinesse" gestaltet hat. Er hat gewußt: Das Leben muß geleistet werden. Aufgaben, die das Leben stellt, müssen angenommen und gelöst werden auf irgendeine positive Weise. Ich bitte Sie um die Erlaubnis, diesem Grundgedanken ein wenig nachzuspüren in einzelnen biographischen Details, die Sie mir freundlicherweise mitteilten.

III. Biographische Würdigung

1. Geboren am 4. März 1923 wuchs Karl V. leider in eine denkbar schwierige Zeit hinein. Die Erfahrungen des II. Weltkrieges blieben prägend für ihn – wie ebenso für seine Frau, die geflohen aus Pommern, in W. eine neue Heimat fand. Dort lernte Karl V. sie auch kennen, die er dann 1950 auch heiratete. Leider verstarb Ihre Mutter bereits 1996 aber, wie Sie mir sagten, waren Ihre Mutter und Ihr Vater, stets ein gutes Team, ein starkes Team, wie man sagen könnte. Ein Beispiel dafür ist etwa der Bau des Hauses, in dem ich Sie besuchen durfte. Hier hat jeder angepackt. Ihre Mutter und Ihr Vater haben hier zusammen mit vielen hilfsbereiten Bekannten eine bleibende Heimat geschaffen. Zu dieser Zeit, und da befinden wir uns in den sechziger Jahren, blieben auch Sie, Herr V., nicht untätig „nebendran" stehen. Auch Sie halfen mit, dieses Haus aufzubauen – und als es Ihrem Vater gesundheitlich schlechter ging, waren es auch Sie, der einen altersgerechten Umbau organisierte – dort in dem jetzigen Haus in der Hochstraße, dort, wo die ganze Familie dann endgültig 1970 eingezogen war. Der Hausbau alleine war schon eine abenteuerliche Leistung. Aber am Ende war eine Heimat geschaffen.

2. Man kann aber gewiss nicht sagen: Das Leben des Karl V. sei ein Leben ohne weitere Probleme gewesen. Immer wieder stellten sich ihm Widrigkeiten in den Weg. Der letzten Widrigkeit hatte er sich allerdings zu beugen. Letztlich eine Bauchspeicheldrüsenentzündung, verbunden mit einer allgemeinen körperlichen Schwächung führten den Tod herbei. Aber wir dürfen mit Dankbarkeit und Respekt auf ein 93 Jahre währendes Leben blicken, in dem dieser Mann „es immer wieder irgendwie schaffte", so möchte ich es nennen und dafür möchte ich ein paar Beispiele bringen:
a. Gerade hatte er seine Lehre zum Werkzeugbauer mit Schwerpunkt Flugzeugbau beendet, da mußte er in den Krieg ziehen an die Ostfront. Die Erfahrungen dort haben ihn dermaßen geprägt,daß er doch immer wieder davon erzählte. Es herrschte damals an der Ostfront ein heimtückischer Partisanenkrieg, der den Alltag bestimmte. Man wußte nie, ob die Person, mit der man sich tagsüber noch gut unterhielt, nicht nachts plötzlich irgendwelche Anschläge verübte. Dennoch war Karl V. ein Mann, der sich durchzuschlagen wußte. Zu seinem Zuständigkeitsbereich innerhalb seines Wehrdienstes bei der Luftwaffe gehörte es zum Beispiel, Versorgungsfahrten zu unternehmen in verschiedenste Gegenden Europas. So erzählten Sie mir von einer Fahrt etwa nach Frankreich, die Ihr Vater zu unternehmen hatte. Hier hatte er etwa auch Gefälligkeiten für seine vorgesetzten Offiziere zu erledigen – aber das geschah nach dem Muster: „Bringst Du was für mich mit, bekommst dann Du dafür irgendwas anderes für Dich." Ich will damit auf ein für mich bewundernswertes Geschick hinweisen: Karl V. fand immer seine „besonderen Lösungswege", so möchte ich es nennen.
b. Er geriet nach dem Krieg in Kriegsgefangenschaft, zuerst in amerikanische, dann aber in russische. Und eben dort gab es absolut existenzbedrohende Kämpfe. Um es klar zu sagen: Die Nahrungsmittelversorgung gegenüber den Gefangenen war miserabel. Wenn man hier überleben will, muß man sich was einfallen lassen. Und was machte Karl V. ? Da er jemanden kannte, der ihm Fische brachte, kam ihm die Idee, eine wohl primitive aber immerhin funktionierende Fischräuscherei zu schaffen. Und bald waren manche russischen Offiziere nicht gerade seine schlechtesten Kunden für schmackhaften geräucherten Fisch.
c. Wenn einem das Wasser bis zum Hals steht, liebe Trauergäste, was macht man dann ? Lässt man sich hängen und gibt sich auf ? Kapitulation vor der Situation – das wäre eine Möglichkeit. Aber nicht für Karl V., der, wie das Beispiel beweist, selbst in scheinbar ausweglosen Situationen doch noch einen Ausweg fand.
d. Und nicht nur in Ausnahmesituationen seines Lebens wie etwa im Krieg sondern auch in seinem Alltag bewies Karl V. Durchhaltevermögen. Im März 2014 stürzte er äußerst unglücklich. Zunächst verhielt er sich eher so, als seien die Folgen dieses Sturzes kaum spürbar. Jedoch vergrößerten sich die Schmerzen. Ich wollte es kaum glauben, was dieser Mann hier durchmachen musste. Schließlich musste eine Operation an der Wirbelsäule durchgeführt werden, nachdem ihm aber vorher und zuerst ein Rippenbruch diagnostiziert wurde. Offensichtlich eine extreme Fehldiagnose. Leider folgten mehrere gesundheitliche Rückschläge, von denen sich Karl V. Jedoch wieder erholte, ja, die er mit großer und bewunderswerter Energie meisterte. Hier wäre beispielhaft seine Fähigkeit zu nennen, mit seinem Rollator große Fußmärsche zu absolvieren – möglich nur durch eisernes und diszipliniertes Training. Es ist zu betonen: Training in hohem Alter !!! Solche Willenskraft ist bewundernswert. Freilich ließ Karl V. in diesem Zusammenhang gerne seinem Ärger über schlecht gepflasterte Straßen oder Fußgängerwege freien Lauf und wußte wohl zu schimpfen. Aber das ist ja nicht Zeichen eines grießgrämigen Charakters – sondern Zeichen eines Energie geladenen Mannes, der es immer verstand, sein Leben zu meistern.
e. So war Karl V. auf hervorragende Weise jemand, den ich im wahrsten Sinne als „Lebenskünstler mit Kämpferherz" bezeichnen würde. Seine „besonderen Lösungswege", der er immer wieder fand und die ihm immer wieder halfen wichtige und entscheidende Lebensprobleme zu einer machbaren Lösung zu führen, sind Beweis für einen starken und

vitalen Lebenswillen, der sich widrigen Lebensumständen nicht einfach hingibt sondern ihnen zu widerstehen in der Lage ist.
f. Ich möchte Sie nun einladen, Ihre Erinnerungsbilder, die Sie mit dem Verstorbenen verbinden, ganz privat und nur für sich allein vor Ihrem geistigen Auge vorüberziehen zu lassen, während wir einem besinnlichen und ruhigen Musikstück zuhören.

Musikstück: Largo von Händel

IV. Ausblick auf den Tod als unüberwindbares Ende

1. „Sind wir, ist nicht der Tod. Ist der Tod, sind wir nicht.“ Epikur bringt es auf den Punkt. Wer über den Tod, als das Stadium jenseits des Lebens, irgendetwas in Erfahrung bringen möchte, steht vor dem Dilemma, das er nichts in Erfahrung bringen kann.
2. Ich möchte aber nicht jetzt einfach mit Ihnen gleich zum Grab gehen und es einfach bei schlichter Unwissenheit belassen. Ich möchte Sie einladen, sich auf gewisse „Ahnungen“ einzulassen, so sehr diese auch weit entfernt sein mögen von 100%-iger Gewißheit. Der bedeutende chinesiche Gelehrte LAOTSE bringt in seinem TAO TE KING, dem Buch der Weisheit, folgendes Gleichnis:

Dreißig Speichen treffen sich in einer Nabe.
Auf dem Nichts daran (dem leeren Raum) beruht des Wagens Brauchbarkeit.
Man bildet Ton und macht daraus Gefäße.
Auf dem Nichts daran beruht des Gefäßes Brauchbarkeit.
Man durchbricht Wand mit Türen und Fenstern, damit ein Haus entstehe.
Auf dem Nichts daran beruht des Hauses Brauchbarkeit.

Lassen Sie uns ein weiteres Musikstück anhören und danach dem Verstorbenen zu seiner letzten Ruhestätte begleiten.

Musikstück zum Auszug: Mondscheinsonate von Beethoven

Der Begräbnisleiter schreitet zur Urne und trägt sie zum Grab; wir alle folgen und versammeln uns an der Grabstelle.

V. Grablegung

Hiermit übergeben wir nun den Verstorbenen seiner letzten Ruhestätte. Lassen wir zu, daß nun Erde zu Erde komme, Staub zu Staub und Asche zu Asche. Lassen Sie uns gemeinsam das VATER UNSER beten. (Ich spreche vor – wer will, kann mitbeten oder lieber in Stille verharren).

Vater unser im Himmel,
geheiligt werde dein Name
Dein Reich komme,
Dein Wille geschehe,
wie im Himmel so auf Erden.
Unser tägliches Brot gib uns heute.
Und vergib uns unsere Schuld,
wie auch wir vergeben unseren Schuldigern.
Und führe uns nicht in Versuchung,
sondern erlöse uns von dem Bösen.
Denn dein ist das Reich und die Kraft
und die Herrlichkeit in Ewigkeit. AMEN

Die Urne wird in das Grab hinabgelassen. Danach verabschieden sich alle Anwesenden durch einen Erdwurf oder eine eigene Grabbeigabe (Blume oder dergleichen) der Reihe nach vom Verstorbenen und kondulieren.

Damit endet die Beerdigung.

28. Lyrisches

Suchen und Finden

Als müsste sprudeln aus dem kühlen Grunde
das klare Leben wie aus einem schönen Munde.
Es müsste quellen die reinste Liebe.
Doch aus den Sternen leuchtet trübe,

was nicht erhellt und dunkel macht,
was langsam tötet und doch wacht
und niemals stirbt, weil ewig sacht
der Tod um das Leben wirbt und Schlacht

um Schlacht verliert sich, was noch leben will
in ein Karusell. Und es ist sein Ziel,
dass das Drehen sich schnell und schneller dreht,
bis auch das letzte Herz dem Tod entgegengeht.

Es möchte niemand mehr getragen sein
von einem Traume, der dem Himmel zuschreit: Nein !
Es möchte jeder finden seinen Frieden,
nichts soll die letzte Ruhe trüben.

29. Vierzehnte Trauerrede

Trauerfeier für Manfred H.

I. Begrüßung:
1. Sehr geehrte Frau Rita H., Sehr geehrte Frau Sandra R.,
ich begrüße Sie beide als Witwe bzw. als Tochter des verstorbenen Herrn Manfred H. sehr herzlich zu dieser Trauerfeier. Ich darf auch herzlich begrüßen alle Verwandten und Freunde des Verstorbenen und mich bedanken, daß Sie sich Zeit genommen haben, damit wir alle uns heute verabschieden von Manfred H., der leider am 15. Dezember verstarb im Alter von 82 Jahren. Eine Krebskrankheit in Verbindung mit einer Herzschwäche führte letztlich zum Tod. Wir haben diesen Tod als „Widerfahrnis" hinzunehmen. Der Tod bricht immer wieder als ein solches „Widerfahrnis" in unser Leben. Das Wort „Widerfahrnis" meint: Wir können es im Grunde nicht lenken.
2. Wir müssen den Tod akzeptieren. Im August 2015 wurde der Krebs entdeckt. Aber die darauf folgenden medizinischen Behandlungen wie etwa eine Imuntherapie konnten das Leiden zwar lindern, aber den Tod nicht wirklich aufhalten. Ich möchte Sie aber nun einladen dazu, daß wir einzelnen Stationen auf dem Lebensweg von Manfred H. ein wenig nachspüren:

II. Biographische Darstellung:

1. Manfred H. wurde geboren am 29. September 1934 in Celle als einer von vier Geschwistern. Und bald wohnte die Familie in B.. 1952 startete er sein Berufsleben bei der Firma Büssing / MAN als Einrichter. Er hatte eine ganz besondere Liebe zum KFZ-Handwerk, scheint mir. Sie zeigten mir einige interessante kleine Lastwagen-Modelle. Sein Beruf bedeutete ihm deutlich mehr als nur eine Erwerbsmöglichkeit. Dennoch möchte ich hinweisen auf die Tatsache, daß Manfred H. ein sehr gradliniges und konstantes 40 Jahre lang andauerndes Berufsleben „hinbekommen" konnte. Ich erwähne das so besonders, weil eben das absolut keine Selbstverständlichkeit ist. Wie oft ergeben sich Unsicherheiten beim Arbeitsplatz, ergeben sich Fälle, wo die bloße Existenzsicherung auf einmal nicht mehr da ist. Bei Manfred H. konnte sich die Familie aber „sicher" fühlen.

2. Im Alter von 60 Jahren ging er dann in den wohlverdienten Ruhestand. Aber von untätiger Ruhe war da keine Spur. Im Gegenteil: Er war ein fleißiger Mann, für den Arbeit zum Leben dazugehörte wie Essen und Trinken. Arbeit hat ja nicht nur eine „Erwerbsfunktion" sondern bedeutet auch eine Art von „Selbstverwirklichung". Freilich hat Manfred H. auch das Arbeiten gelernt. Schon in seiner eigenen Familie war er gewohnt, immer viel mitzuhelfen. „Sich ins Zeug legen" - das war für ihn im Grunde der Normalfall. Einem solchen arbeitseifrigen Menschen klarzumachen, er müsse jetzt im Bett liegen bleiben, war jedenfalls für manche des Krankenhauspersonals ein gewisses Problem. Wie Sie mir sagten, lief er doch auf der Station immer wieder hin- und her.

3. Heißt das womöglich: Er war schwierig ? Nein. Gewiss nicht. Ich war sehr berührt davon, wie Sie mir von einem absolut harmonischen Familienleben erzählten, das nach dem großartigen Grundsatz ablief: „Einer für alle – alle für einen". Sie erzählten mir von mehreren Urlaubsaufenthalten im Schwarzwald, manche auch in der Schweiz. Scheinbar wusste er Arbeit und Freizeit und Genuß doch irgendwie zu verbinden. Ich will mir doch erlauben zu sagen: Ich mußte ein wenig schmunzeln, wie Sie mir erzählten, daß Sie beide manchmal mit gewisser List Ihr eigenes Urlaubsziel durchsetzten. Dann erzählten Sie ihm von etwas, von dem Sie wussten, dass er da nicht nein sagen würde. Sie sagten: Da, an diesem bestimmten Ort, ist eine besondere Ausstellung mit Modelleisenbahnen. Und schon war er überzeugt und nicht etwa überredet, dass Ihrem Wunsch natürlich zu folgen war.

4. Ja, er hatte seine Hobbies, für die er sich immer viel Zeit genommen hat. Modelleisenbahnbau war eines davon. Bereits im Alter von vier Jahren bewunderte er die großen Eisenbahnen, zum Beispiel den „Rasenden Roland". Ebenso sein Auto bedeutete ihm doch sehr viel. Er war aber keineswegs ein Mensch, der besonders stark auf sich selbst konzentriert gewesen wäre. Er half gerne aus. Sein 22 Jahre andauernder Ruhestand war gefüllt damit, hier mitzuhelfen, dort mitzuarbeiten. Er war ein froher Mensch, ein Mensch, der mit sich und der Welt zufrieden war. Und wenn ein Ehemann bzw. Vater so positiv und optimistisch sein Leben anpackt, dann hat das auch Folgen für das Familienleben. Ich beglückwünsche Sie, so einen Ehemann bzw. Vater oder Opa oder guten Freund gehabt zu haben. Eine musische Ader besaß er obendrein – meines Erachtens typisch für Menschen, die ihr Leben doch letztlich mit einer inneren Harmonie leben. Diese Harmonie tritt sozusagen nach außen auf irgendeine Weise. Bei Manfred H. war es die Musik, die Vorliebe für swingende Melodien, Melodien, die einem das Herz leichter machen. Lassen Sie uns einer solchen Melodie folgen. Und lassen Sie dabei Ihre Erinnerungsbilder, die sie jetzt alle sicher haben, einfach an ihrem inneren Auge vorbeiziehen:

Musikstück:Biscaja von James Last

Wenn die Musik endet folgt folgender Text:

„Vor mir liegt ein unbekannter Weg, den ich nun wohl alleine geh.
Ich geh voraus. Wohin der Weg mich führt, ich weiß es nicht...
Der Weg ist fremd, das Ziel ist`s ebenso.

Doch Leid wird da nicht sein.
Kein Schmerz wird meinen Körper quälen.
Der Himmel strahlt stets über mir und unter mir wird stets die Erde sein,
wo ich auch bin und wie. Das ist gewiß."

Nach diesem Text spielt die Orgel das Lied (instrumental)
So nimm den meine Hände

III. Hinwendung zum Tod:

1. „Es hat alles seinen Sinn", ist ein Zitat, liebe Frau H., von Ihnen. Ich habe diesem Satz eigentlich nichts hinzuzufügen. Lassen wir es dabei, daß wir letztlich nicht wirklich wissen, was das DANACH eigentlich ist. Lassen wir es bei der Hoffnung, die jeder von uns mit seinen eigenen Bildern sich vorstellen möge, daß es Manfred H. jetzt einfach gut geht, wo immer er jetzt ist.

2. Es folgt die Orgel (wieder ohne Gesang: AVE MARIA
Während die Orgel das AVE MARIA (Schubert) spielt, ziehen wir aus der Kapelle aus und gehen zum Grab.

IV. Grablegung:

Jetzt wollen wir uns endgültig verabschieden von Manfred H.. Lassen Sie uns dies tun, indem wir das VATER UNSER beten und jeder von uns sich dann auf je eigene Weise (mit einem Erdwurf oder einer Blume) vom Verstorbenen am Grab verabschhiedet:

Vater unser im Himmel,
geheiligt werde dein Name
Dein Reich komme,
Dein Wille geschehe,
wie im Himmel so auf Erden.
Unser tägliches Brot gib uns heute.
Und vergib uns unsere Schuld,
wie auch wir vergeben unseren Schuldigern.
Und führe uns nicht in Versuchung,
sondern erlöse uns von dem Bösen.
Denn dein ist das Reich und die Kraft
und die Herrlichkeit in Ewigkeit. AMEN

Damit endet die Beerdigung

30. Lyrisches

Drinnen und Draußen
ein Meer, das will rauschen.
Ein Herz, das will springen
vor Freude. Lieder erklingen

Ein Gedanke verloren,
verschwunden für immer.
In der Hitze erfroren.
Verdurstet in Kummer.

Geliebt, gelebt, gesündigt.
Fromm gebetet heilig.
Sitte gut und Betten weich.
Gemordet gegen
Kirche, Gott und Himmelreich !

Verkommen, gammelnd,
sich hängen lassend.
Trübe Sinne, feuchte Wärme.
Wenig aufgeräumt
außen wie innen.

Keine Freunde, einsam kreischend;
lautlos brüllend.
Taube Massen nichts versteh'n.
„Hilfe !“ schnürt die Kehle
zu und aus.

Ausgebrannt und arm an Sinnen,
leergepumpte Dürre höhnt.
Mißgeschicke, Unglück dröhnt
Selig, die es anders können:
Leben.

Ausgebrannt und leer an Kräften
unbekannte Mächte kämpften.
Wie Vulkane – längst erloschen,
brüllten Worte abgedroschen
einen schmerzensvollen Schrei heraus.

Als wollte eine Welt zusammenbrechen,
als wollt' ein Herz sich selbst erstechen,
als wollte eine Sturmflut sich ertränken,
wollte jemand sich mit seinem Tod beschenken
und bekam doch nichts zu Stand.

Was blieb, das waren dunkle Träume.
Träume von einem Traum nie wahr.
Was blieb, das war auch das Versäumte,
Wünsche, die vergangen ganz und gar.
Traum blieb Traum.

31. Fünfzehnte Trauerrede

Trauerfeier für Manfred E.

I. Anfang:

Wir versammeln uns alle direkt am Grab. Dort steht die Urne neben dem Grab. Auch der Friedhofsmitarbeiter ist mit anwesend, um später die Urne ins Grab hinabzulassen. Wenn STILLE eingekehrt ist, spielt Frau E. das erste Lied ab zur Besinnung.

LIED Nr. 1: „River flows in you“ (Yiruma)

II. Trauerrrede:

1. Sehr geehrte Frau Viola E., liebe Nayla, Sehr geehrter Herr Christian E.; ebenso begrüße ich Herrn Norbert E. und auch Sie, Frau Elisabeth S.; ich begrüße auch alle lieben Verwandten und Freunde des verstorbenen Herrn Manfred E., die heute hier erschienen sind.
2. Ich möchte mich bei Ihnen, Frau E., und Ihrer Tochter fünfjährigen Nayla sehr herzlich bedanken dafür, dass ich das Vorbereitungsgespräch mit Ihnen führen durfte und bedanke mich sehr herzlich für das Vertrauen, das Sie mir da geschenkt haben.
   a. Besonders durch Dich, Nayla, habe ich ganz besondere Hilfe bekommen, als ich mir darüber Gedanken machte, was ich denn hier sagen könnte. Du warst ja dabei, als deine Mama plötzlich einen Anruf bekam vom Krankenhaus, wo dein Uropa eigentlich nur für ein paar Tage zu Besuch gewesen war. Und von dir kam dann die Frage: „Ist der Uropa jetzt im Himmel ?“ Und du hast dem Gesicht deiner Mutter angesehen: So muß es wohl sein jetzt. Der Uropa ist gestorben mit 88 Jahren, ein stolzes Alter.
   b. Liebe Nayla, wie es im Himmel aussieht, das weiß eigentlich niemand so richtig. Aber du hast schon recht: Einen Spazierstock braucht der Uropa da oben nicht mehr. Als mein Vater gestorben war, stand ich vor seinem Grab und sagte vor mich hin: „Ich gönne dir, daß du jetzt da bist, wo du bist!“ Es ging ihm in seinen letzten Jahren nicht mehr gut und er war sehr pflegebedürftig geworden. Und da schien mir das, was ich zu ihm sagte, plötzlich das Richtige zu sein. Mehr konnte ich nicht sagen.
   c. Ich möchte Dir, Nayla, und Ihnen allen gerne ein Gedicht vortragen von Rainer Maria Rilke. Es lautet:

   Die Blätter fallen, fallen wie von weit,
   als welkten in den Himmeln ferne Gärten;
   sie fallen mit verneinender Gebärde.

   Und in den Nächten fällt die schwere Erde
   aus allen Sternen in die Einsamkeit.

   Wir alle fallen. Diese Hand da fällt.
   Und sieh dir andre an: es ist in allen.

   Und doch ist Einer, welcher dieses Fallen
   unendlich sanft in seinen Händen hält.

   d. Da sitzt Rilke in einem Park und blickt auf die Bäume ringsherum. Seine Stimmung ist eher melancholisch-traurig und dann bringt er in diesen Zeilen seine Eindrücke und Gefühle zu Papier, die weltberühmt wurden. Ich finde diese Worte großartig. Rilke will nicht belehren, weil er etwa alles schon wüsste. Aber er hat eine leise Ahnung davon, daß die Blätter vom Himmel nicht einfach ins Leere, ins Nichts fallen. Er hat Dir, Nayla, und uns allen nichts voraus. Aber das, was du und wir alle Himmel nennen, muß etwas „unendlich Sanftes“ sein. Ich schlage Ihnen vor: Lassen wir es dabei, daß wir mehr als das, was Rilke und Nayla da gesagt haben, nicht wissen.

LIED Nr. 2: „Amoi … „ (Andreas Gaballier)

3. Ich würde aber gerne noch etwas meiner Meinung nach Wichtiges sagen: Manfred E.

zeichnete sich aus durch eine ganze Reihe hervorragender Eigenschaften. Folgende möchte ich nennen:

a. Großzügigkeit ist eine erste Eigenschaft, die ich nennen möchte. In einem sehr konkreten Sinn: Sie, Frau E., sprachen davon, dass sie noch eine Woche vor seinem Tod gemeinsam Shoppen waren und Pizza essen. Sie sprachen auch davon: Er machte gerne und großzügig Geschenke. Er schenkte dann nicht nur ein einziges Überraschungsei, sondern gleich mehrere.

b. Toleranz ist eine weitere Eigenschaft: Wenn ich richtig verstanden habe, war Herr Manfred E. ein Mann, mit dem man eigentlich nur sehr schwer in Streit geraten konnte. Dass man zu ein- und demselben Thema vielleicht auch zwei oder drei oder mehrere Meinungen haben kann, war für ihn kein Problem. Deshalb stelle ich ihn mir auch als einen angenehmen Gesprächspartner vor, mit dem man einfach gerne zu tun hatte.

c. Modern will ich noch nennen als dritte große Eigenschaft. Ich selbst habe meine Schwierigkeiten, wenn meine Töchter mir von den Raffinessen ihres smartphones erzählen. Ich muß mir mühsam klarmachen, dass es so etwas wie blootouth gibt. Ich gebe zu: Dass wir jetzt etwa Musik hören können, ist für mich eine Art technisches Wunder. Hier ist ein 88 Jahre alter Mann, der selbstverständlich ein handy besaß und für den die Tatsache technischer Entwicklungen eine Normalität war. (Zu so einer Einstellung muß ich selbst erst noch hinkommen).

d. Als weitere Eigenschaft möchte ich nennen: Hilfsbereitschaft und Familiensinn. Frau E., Sie sagten, dass Ihr Mann und Herr Manfred E. ca. 24 Jahre gemeinsam wohnten. Würde man von eine Ehe sprechen, müßte man sagen: Dadurch, daß sie und ihr Mann sich entschieden hatten für ein gemeinsames Leben, ist eine silberne Hochzeit verhindert worden. Aber dieser Verlust ist 100prozentig ausgeglichen dadurch, daß ihr Uropa sich sowohl in diesen fast 25 Jahren wie auch sonst als außerordentlich hilfsbereit gezeigt hat in nahezu allen Lebenslagen und Lebensfragen. Hilfsbereit für die Familie. Sein ganzer Stolz waren seine Enkel Christian und Nayla. Eben dieser Familie, die ihm das Heiligste war,, hatte er gesagt, als er im Herbst letzten Jahres mit Lungenentzündung im Krankenhaus war: Man soll nicht traurig sein, wenn er jetzt stirbt. Er könne zufrieden gehen aus dieser Welt. Zufriedenheit im Leben erreicht zu haben – was könnten wir uns mehr wünschen für unser Leben ? Ich wäre sehr stolz, das einmal von mir sagen zu können. Er war auch sehr glücklich darüber, in den letzten Jahren wieder Kontakt zu seiner Schwester Elisabeth gefunden zu haben und darüber, dass er mit ihr eine besondere Zeit erleben durfte.

e. Zusammenfassend möchte ich sagen: Mit all diesen genannten Eigenschaften verbinden sich ja sehr viele Erinnerungen, die Sie mit Manfred E. haben. Und ich möchte sie ermuntern und aufrufen dazu: Behalten Sie all diese Erinnerungsbilder, die Sie jetzt haben, in Ihrem Herzen. Ich bin der Meinung, daß Sie jede einzelne Erinnerung wie eine kostbare Perle sehen sollten, die Sie alle, jeder und jede von Ihnen, wie einen Schatz bewahren sollten für den Rest Ihres Lebens.

III. Grablegung:

1. Wir kommen jetzt zu dem Moment, wo wir die Urne mit der Asche des Verstorbenen in das Grab hinablassen. Der Baum, vor dem wir stehen, und der ein ganz ähnliches Alter hat wie der Verstorbene, möge Manfred E. jetzt Heimat geben, ewige Heimat. Er hat ja die Natur sehr geliebt. So ein Wald bedeutete ihm sehr viel. Da hat er viel Zeit verbracht mit seinem Bruder Paul und seinem Enkel Christian. Ruhe hat für ihn der Wald bedeutet. Und jetzt eben auch die ewige Ruhe. Die Urne wird nun ins Grab abgelassen. Wenn die Urne dann sich im Grab befindet, möge jeder und jede von Ihnen einzeln an das Grab herantreten und sich auf je eigene Weise und mit eigenen Gedanken von dem Verstorbenen verabschieden – entweder mit einem Erdwurf oder einigen mitgebrachten Blumen. Währenddessen wollen wir ein

weiteres Musikstück hören:

LIED Nr. 3: „Das Leben ist schön“ (Sarah Connor)

2. Wenn das Musikstück beendet ist und alle sich am Grab verabschiedet haben, sage ich noch:

Manfred E. war ein Mann, der gerne gehabt hätte, dass man auch bei seiner Beerdigung eigentlich nicht weinen und traurig sein sollte. Das erinnerte mich an einen Ausspruch des Komikers Arthur Stanley Jefferson, bekannt unter dem Namen Stan Laurel und dieser Ausspruch lautete:

„Wer bei meiner Beerdigung weint – mit dem rede ich kein Wort mehr.“

Sie alle sind von Frau Viola E., Ihrem Mann und der Tochter Nayla sehr herzlich eingeladen zu einem Glas Wein im Anschluss an diese Trauerfeier. Ich darf Sie geradezu auffordern: Erheben Sie gleich das Glas Wein auf eine große Persönlichkeit, und stellen Sie vielleicht einfach mal vor, daß Manfred E. Ihnen dabei zuruft: „Proscht Liewer“.
Vielen Dank dafür, dass ich diese Trauerfeier für Sie gestalten durfte und danke an die Verantwortlichen für die Musik.

32. Lyrisches Schlußwort

Nicht ich selbst möchte ein Schlusswort versuchen. Geheimnisvoll und doch klar hat Mary Elisabeth Frye die folgenden Zeilen verfasst … und mit diesen großartigen Gedicht möchte ich mich von Ihnen verabschieden und danke Ihnen, dass Sie mit mir gemeinsam eine Entdeckungsreise gemacht haben durch die Gefühlswelt von tiefster Trauer hindurch bis hin zu einem zwar unaussprechlichen und unsagbaren aber dennoch um so mehr vorhandenen Funken Hoffnung, der Sie tragen möge, wo immer Sie sich auf der Welt befinden …

Do not stand at my grave and weep,
I am not there, I do not sleep,
I am a thousands winds that blow,
I am the diamond glint on snow,
I am the sunnlight in ripened grain,
I am the gentle autumn rain.
Do not stand at my grave and cry,
I am not there, I do not die.

(Gefunden auf: https://myzitate.de/mary-elizabeth-frye)

MIX
Papier aus verantwortungsvollen Quellen
Paper from responsible sources
FSC® C105338

Printed by Books on Demand GmbH, Norderstedt / Germany